La princesse

Marie-Immaculée de Bourbon,

Comtesse de Bardi.

PAR

Madame A. DE GENTELLES.

ILLUSTRÉ DE 14 GRAVURES

Société de Saint-Augustin,

DESCLÉE, DE BROUWER ET Cie.

LILLE-PARIS, — 1894.

La princesse
Marie-Immaculée de Bourbon,
comtesse de Bardi.

12me SÉRIE.

Marie-Immaculée de Bourbon.

La princesse
Marie-Immaculée
de Bourbon,

Comtesse de Bardi.

PAR

Madame A. DE GENTELLES.

ILLUSTRÉ DE NOMBREUSES GRAVURES.

Société de Saint-Augustin,

DESCLÉE, DE BROUWER et Cie.

LILLE-PARIS. — 1894.

INTRODUCTION.

NOUS avons tous ici-bas une mission spéciale à remplir, notre part de vertus à pratiquer, de bien à faire, de mérites à acquérir.

Cette mission providentielle est quelquefois éclatante dans son accomplissement comme dans ses résultats. Telle fut celle des apôtres et des grands thaumaturges des premiers siècles de l'Église. D'autres fois, le sillon qui plus tard produira des fruits abondants se trace dans l'ombre, la lumière n'apparaît avec tout son éclat qu'après la mort, elle va grandissant, et l'âme sainte est surtout apôtre quand elle a quitté la terre. C'est une flamme vive placée sur le chandelier après être restée sous le boisseau. Cette pensée m'avait fort impressionnée lorsqu'il y a quelques années je trouvai, dans une pieuse publication, le récit des derniers moments de Son Altesse Royale Marie-Immaculée de Bourbon, comtesse de Bardi. Je compris alors que la mission de cette jeune et pieuse princesse n'était pas achevée, bien que Dieu l'eût appelée à la récompense, et que ses exemples pouvaient être une très éloquente prédication pour les jeunes filles chrétiennes de notre époque. Encouragée par son illustre famille, je leur offre aujourd'hui le récit de cette vie si belle dans sa simplicité.

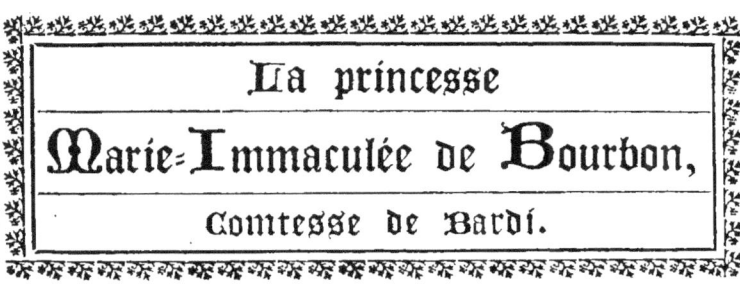

La princesse Marie-Immaculée de Bourbon,
Comtesse de Bardi.

CHAPITRE PREMIER.

Naissance et premières années de Marie-Immaculée.

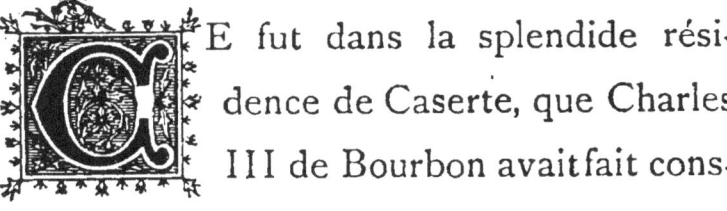

E fut dans la splendide résidence de Caserte, que Charles III de Bourbon avait fait construire au siècle dernier dans la campagne de Naples, que naquit, le 21 janvier 1855, la princesse Marie-Immaculée de Bourbon, dont nous allons essayer de retracer les vertus. Elle fut tenue sur les fonts baptismaux par Madame la duchesse Marie-Louise-Charlotte de Saxe, et, en recevant les noms de Marie-Immaculée-Louise, se trouva ainsi placée sous la protection toute spéciale de la Très-Sainte Vierge, à qui elle voua dès son enfance un filial amour, et sous celle de saint Louis de Gonzague, dont les vertus furent pour elle un puissant motif d'émulation.

Dieu lui avait, du reste, accordé une grande grâce en la faisant naître de parents éminemment chrétiens. Son père, le roi Ferdinand II, édifiait par sa foi le peuple dont la Providence lui avait donné la conduite, et nous verrons, dans la suite de ce récit, quels étaient les admirables sentiments de sa mère la reine Marie-Thérèse, archiduchesse d'Autriche.

Ferdinand II, entouré de sa belle et nombreuse famille, se consacrait tout entier au bonheur de son peuple et dirigeait, de concert avec la reine, l'éducation de ses enfants. Tout faisait espérer que de longues années lui étaient encore réservées, lorsque la mort vint le ravir à sa famille. Son fils, le duc de Calabre, lui succéda sous le nom de François II.

Malgré sa profonde et inconsolable douleur, la reine Marie-Thérèse, qui comprenait la lourde tâche que lui imposait la mort du roi, se consacra, avec un redoublement de soins, à la direction des études et de l'éducation de ses enfants. Elle montra une grande sagesse et beaucoup de pénétration d'esprit dans le choix qu'elle fit des précepteurs et des maîtres qu'elle leur donna. Elle surveillait leur travail et leurs progrès avec une vigilante sollicitude, et voulut se réserver pour elle-même le soin de former leur esprit et leur cœur à la piété, dont elle était un modèle accompli.

DIEU avait béni son union avec le roi Ferdinand, et au moment où sa mort la laissa veuve, elle avait sept enfants, dont les der-

niers étaient encore en bas âge. Tous répondirent à son amour, mais la jeune princesse
Marie-Immaculée apparaissait déjà comme
une âme prédestinée. Sa modestie, sa grâce
naturelle, sa physionomie ouverte et sereine,
excitaient l'admiration de toutes les personnes qui la voyaient. La pureté et l'innocence qui se lisaient sur ses traits enfantins
faisaient dire qu'aucun nom ne convenait
mieux à la jeune princesse que celui d'Immaculée. On la comparait à cet aimable
saint, son patron, qui a naguère édifié une
autre cour d'Italie, celle de Mantoue, et
qu'elle allait bientôt s'appliquer à imiter,
saint Louis de Gonzague. Comme lui, lorsqu'elle était enfant, on l'appelait *le petit
ange*, et elle se montrait fière et heureuse de
cette dénomination.

Pendant les premières années de sa vie,
sa santé fut délicate ; mais, sous une enve-

loppe frêle, son âme était fortement trempée, son caractère ferme et très arrêté. Elle était plus sérieuse et plus raisonnable qu'on ne l'est ordinairement à cet âge, et ses réflexions, pleines de sens et de justesse, étonnaient et ravissaient sa famille.

La reine Marie-Thérèse ne voulut auprès de ses enfants que des serviteurs éprouvés et dignes de toute sa confiance. Les femmes qui approchaient et servaient la pieuse enfant, comprenaient que les récits inutiles et les paroles flatteuses seraient très mal accueillis par leur jeune maîtresse. Un jour cependant sa femme de chambre, croyant sans doute lui être agréable, lui dit qu'on la trouvait charmante, et qu'elle devait être bien heureuse de l'admiration que l'on avait pour elle ; mais la modeste enfant, qui déjà méprisait et détestait la louange, ce terrible poison de nos âmes, la reprit aussitôt.

« Ce ne sont pas là des choses à me dire, répondit-elle avec vivacité. Si vous continuez, je serai obligée d'en prévenir la reine. »

Elle se montra si véritablement contrariée que la femme de chambre resta convaincue qu'elle avait eu tort, et se garda désormais de rapporter à Marie-Immaculée les éloges qu'elle entendait faire de sa beauté et de ses vertus.

La jeune princesse témoignait déjà une très grande répulsion pour le péché, et ne pouvait souffrir aucune parole ou action de nature à déplaire au regard de Dieu. Elle avait surtout de l'aversion pour ce qui blessait la vérité. Elle s'aperçut un jour qu'une personne à son service s'était, dans un récit, un peu écartée de l'exactitude. Marie-Immaculée en ressentit pour elle de la honte ; son visage se couvrit d'une vive rougeur.

« Eh quoi ! lui dit-elle, vous voudriez donc aller souffrir dans le feu de l'enfer ? Ne savez-vous pas que mentir est un péché ? »

L'un des signes de prédestination des âmes est la dévotion à la Sainte Vierge. Marie-Immaculée, placée dès sa naissance sous sa protection, avait une double raison d'aimer et d'honorer notre Mère du Ciel. Aussi se montrait-elle véritablement son enfant, et elle ne passait jamais un jour sans se recommander à elle et sans la prier avec une tendre dévotion. Rien n'était touchant comme de la voir à genoux, les mains modestement jointes, lui adresser ses ferventes supplications. La reine Marie-Thérèse jeûnait toutes les veilles de fête de la Sainte Vierge. Encore enfant, la princesse Marie-Immaculée voulait en cela aussi imiter sa mère, et elle préludait, par ses petits sacrifices, à la vie d'abnégation et de croix que DIEU lui réservait.

Elle se faisait encore remarquer par son entière soumission à ses supérieurs. Il semblait qu'elle fût née obéissante, tant elle l'était naturellement ! Pour les moindres petites choses elle courait à sa mère, à son frère aîné ou à sa dame d'honneur, pour leur demander les permissions dont elle croyait avoir besoin avant d'accepter ce qui lui était offert, ou de donner quelque objet dont elle avait la disposition, ou d'aller prendre quelque récréation. Elle exprimait ses désirs à voix basse et acceptait avec une parfaite douceur la réponse qui lui était faite. Il y avait déjà en elle une gravité de manières et de tenue, une délicatesse de langage, une dignité de maintien exempte de toute affectation, qui étonnaient dans une enfant aussi jeune.

CHAPITRE DEUXIÈME.

Départ de Naples. — Arrivée à Rome.

UNE nouvelle épreuve allait frapper la famille royale des Deux-Siciles. Le vent funeste de la Révolution, qui détruit sans relever et qui s'attaque aux trônes et à la religion, se déchaîna sur Naples avec une telle violence, la trahison se montra avec tant de hardiesse, que le jeune roi François II, malgré sa fermeté, se vit forcé par les événements de descendre du trône et de quitter la ville de Naples. Plus grand et plus vertueux encore dans le malheur que dans la prospérité, il se retira pour épargner le sang de ses sujets.

En quittant Naples, c'est vers Rome que se dirigea la famille royale ; elle alla se réfugier à l'ombre du Vatican ; la Ville Éternelle n'est-elle pas la patrie de tous les catholiques ? C'est dans le palais même des pontifes, au Quirinal, que le royal exilé et tous les siens furent d'abord accueillis. Un peu plus tard, François II et la jeune reine Marie-Sophie-Amélie de Bavière allèrent habiter le palais Farnèse.

La reine Marie-Thérèse fut obligée de se séparer d'eux, ce nouveau palais étant trop petit pour les loger tous. Elle alla demeurer au palais Nipoti avec quatre de ses enfants : la princesse Marie - Pia , le prince don Pascal, comte de Barri, la princesse Marie-Immaculée et le prince don Gennarino, comte de Caltagirone.

En 1825 une autre reine, qui portait également le nom de Marie-Thérèse et dont les malheurs, noblement supportés, faisaient éclater la vertu, arrivait elle aussi à Rome, accompagnée de ses deux filles, dont l'une devait être un peu plus tard la sainte reine des Deux-Siciles, Marie-Christine.

Léon XII.

(Médaille en mosaïque de Saint-Paul-hors-les-Murs.)

Il semble qu'il y ait un rapprochement bien touchant à faire entre ces deux visites à la Ville Éternelle. C'était Léon XII qui occupait le siège de saint Pierre. L'épreuve avait visité le saint pontife, et il conservait sur son front l'empreinte de la douleur et de la majesté. Il savait avec quel amour et quelle force d'âme Marie-Thérèse avait accepté les malheurs de son royal époux, Victor-Emmanuel Ier, et aussi avec quelle sollicitude maternelle elle formait à la vertu le cœur des jeunes princesses Marie-Anne et Marie-Christine. Sa Sainteté avait daigné adresser à la mère et aux filles des paroles pleines de douceur et de consolation, et, répondant par la plus aimable courtoisie à la visite des augustes voyageuses, elle était allée les voir trois fois pendant leur séjour à Rome.

Marie-Thérèse et ses pieuses filles visitèrent les sanctuaires de la Cité sainte, et Rome admira la foi vive et ardente qu'elles manifestaient en toutes circonstances. On vit la reine, s'humiliant devant DIEU et devant les hommes, sortir de son palais ayant à sa droite la duchesse de Lucques, sa fille ainée, et à sa gauche la servante de DIEU Marie-Christine, voilées, les pieds nus, le rosaire à la main, faire leurs stations aux églises désignées pour les indulgences du jubilé. Le peuple en fut ému ; la nouveauté de ce spectable le charmait. Une si profonde humilité en de si augustes personnes l'édifiait singulièrement. Pour elles, modestes et recueillies, ne se doutant pas qu'elles étaient l'objet de l'admiration publique, elles parcouraient lentement la ville, uniquement occupées de leur pieux dessein.

Plus de trente années s'étaient écoulées depuis, et Rome allait être édifiée de nouveau par cette seconde reine Marie-Thérèse, qui reproduisait d'une façon si frappante les mêmes vertus en subissant les mêmes mal-

heurs. On pouvait leur appliquer les paroles
de saint Jérôme au sujet de sainte Paule :
« elles sanctifiaient leur famille en se sanc-
tifiant elles-mêmes. »

La reine Marie-Thérèse d'Autriche savait
que la vie calme et réglée est l'une des con-
ditions de toute bonne éducation, et une fois
installée à Rome, elle s'occupa d'organiser
le régime intérieur de sa maison, afin que
tout concourût au bien moral de ses chers
enfants. Un règlement plein de sagesse
donna à chaque heure un emploi déterminé.
Le lever, la prière, la sainte messe, le travail,
les repas, les récréations et le repos, se trouvaient ainsi fixés de manière que pas un
instant ne fût perdu, tout en faisant la part
des âges et des aptitudes de chacun. Persuadée que la science religieuse est la première des sciences et celle dont la connaissance nous est la plus utile, Marie-Thérèse

avait voulu que chaque semaine un pieux ecclésiastique vînt parler à ses enfants de DIEU et de nos devoirs envers lui, et elle avait tenu à ce que les précepteurs des jeunes princes fussent présents aux conférences religieuses.

Chaque année la Reine faisait donner les exercices de la retraite à toute sa maison, et rien n'était édifiant comme de voir les maîtres et les serviteurs pieusement réunis et également avides de la parole du salut. C'est ainsi que la divine Providence semblait disposer toutes choses pour les progrès spirituels de ses enfants bien-aimés.

L'éducation des jeunes princes et des princesses leurs sœurs se poursuivit ainsi avec beaucoup de suite, sans être interrompue par les divertissements et les distractions qu'ils n'auraient pu éviter au milieu d'une cour brillante.

La vie sérieuse que menait l'auguste famille dans cette douce et paisible retraite avait un charme particulier pour Marie-Immaculée, et elle exerçait sur son jeune cœur la plus heureuse influence. A l'exemple du divin Maître, elle croissait chaque jour en âge et en vertu.

La joie et la satisfaction d'une conscience pure se répandait sur tout son extérieur. Elle était gaie et paraissait toujours heureuse. Sa sainte Mère d'ailleurs ne négligeait aucune occasion de procurer à ses enfants les distractions et les récréations propres à leur âge : d'intéressantes promenades dans Rome et la visite des merveilles de l'antique cité remplissaient, d'une manière agréable en même temps qu'utile, les moments laissés libres par le travail.

Marie-Immaculée aimait particulièrement à diriger ses pas vers la Trinité du Mont.

Elle se plaisait à s'entretenir longuement avec les religieuses du Sacré-Cœur ; elle revenait toujours charmée du bon accueil qui lui était fait et de la piété de ces dames, dont la grande expérience en tout ce qui concerne l'éducation de la jeunesse est si connue et si appréciée.

Les pieuses religieuses avaient, de leur côté, deviné l'âme pure et vertueuse de Marie-Immaculée, et demeuraient convaincues qu'elle serait une sainte.

Quand il y avait quelque récréation extraordinaire à la Trinité du Mont, la reine y envoyait les princesses ses filles. Elles se mêlaient alors aux jeux, aux courses des élèves et partageaient leurs joyeux ébats. Toujours douce et humble, Marie-Immaculée ne cherchait pas à attirer les regards, et, tout en conservant sa dignité, elle ne fit jamais sentir que sa position était plus élevée

que celle des autres jeunes filles qui l'entouraient. Les élèves du Sacré-Cœur qui
l'ont connue à cette époque n'ont pas ou-
blié ses fréquentes apparitions au milieu
d'elles et les exemples de modestie et de
soumission qu'elle leur donnait. Toujours
accompagnée de sa demoiselle d'honneur,
elle se conformait exactement à ses volontés,
et, au premier signe, laissait les jeux qui
semblaient le plus l'amuser. Puis, avant de
quitter le Sacré-Cœur, elle allait s'agenouiller
au pied de la fresque si célèbre représentant
Marie adolescente et connue maintenant
du monde entier sous le doux nom de
Mater admirabilis; elle se reposait avec
bonheur auprès de la Très-Sainte Vierge et
lui disait avec la simplicité d'un enfant :

« Je te remercie, ô ma Mère, de ce que
je me suis bien amusée sans te déplaire. »

Mais elle n'allait pas seulement au Sacré-

ROME. — La Trinité du Mont.

Cœur pour se récréer ; elle avait voulu aussi s'unir aux enfants de Marie qui s'assemblent dans cette sainte maison pour travailler aux ornements et aux linges sacrés destinés aux églises pauvres. Sa foi si vive lui faisait trouver un charme ineffable à contribuer ainsi à l'ornement des autels.

Cette œuvre des Tabernacles fut toujours pour elle l'une des plus aimées, et nous la verrons jusque sur son lit de mort lui porter un réel et fructueux intérêt. Du reste, tout ce qui se rapportait à la religion avait un attrait puissant pour elle.

Les instructions religieuses auxquelles elle assistait chaque semaine lui faisaient une vive impression, et le ministre du Seigneur qui avait la douce mission d'instruire les jeunes princes et les jeunes princesses, a été plus d'une fois frappé de l'expression de la physionomie de Marie-Immaculée pendant ses conférences. Souvent profondément touchée, elle baissait la tête et ses larmes coulaient ; mais, dans la crainte d'être remarquée, elle s'efforçait alors de cacher son émotion. Reçue avec de semblables dispositions, la parole de DIEU devait nécessairement produire en elle des fruits abondants de salut et de bénédiction.

CHAPITRE TROISIÈME.

Piété de Marie-Immaculée. — Sa dévotion à la Sainte Vierge. — Mois de Marie de 1864.

NOUS naissons avec des inclinations et des défauts particuliers. La vertu consiste à se vaincre, à détruire la nature viciée par le péché originel et à triompher de nous-mêmes. C'est la lutte du chrétien, lutte qui ne se termine qu'avec notre vie. Cette lutte,

Marie-Immaculée en comprit la nécessité, et, comme elle était d'un naturel vif, elle ne négligea aucun moyen de le combattre. Ses progrès étaient très marqués. Avec son auguste mère et les personnes qui avaient quelque autorité sur elle, l'angélique enfant se montrait, comme nous l'avons déjà dit, d'une soumission parfaite, et ne se permettais jamais la plus légère observation ; avec ses frères et ses sœurs elle était affectueuse et aimable, cédant toujours à leurs désirs ; dans ses rapports avec les serviteurs, elle était pleine de douceur et de bonté.

DIEU lui accorda une grâce inestimable, le bonheur d'avoir près d'elle une âme éminemment chrétienne : Melle Marie Lasserre, qui seconda la reine Marie-Thérèse avec un dévouement sans bornes dans l'éducation de ses filles.

Nous lisons dans la vie des saints d'admirables traits de la piété de ces jeunes chrétiens appelés à pratiquer plus tard la vertu à un degré éminent.

Marie-Immaculée ne restera pas en arrière de ces beaux exemples. Elle aussi aimait la prière et s'y adonnait avec bonheur. Son recueillement était profond et sa physionomie enfantine revêtait, quand l'heure des exercices pieux était arrivée, une gravité et un sérieux qui faisaient comprendre toute l'importance qu'elle leur donnait ; et lorsque dans le courant de la journée on venait à parler de Dieu ou d'un sujet qui s'y rapportait, elle s'y appliquait si fortement qu'elle en était toute pénétrée. Aux heures des récréations, elle aimait, comme les autres enfants, ce qui pouvait la distraire. Elle avait un petit chien qu'elle affectionnait particulièrement et avec lequel elle s'amusait beaucoup, lui faisant faire mille petites espiègleries ; mais si, au moment où elle se livrait à ce divertissement, on la prévenait que l'heure de la prière ou de l'instruction religieuse était venue, elle semblait oublier aussitôt son jeu, quittait le petit chien sans même lui accorder un regard, et, s'il la poursuivait par ses gambades et ses caresses, elle y coupait court brusquement et le renvoyait sans pitié, montrant ainsi, jusque dans les moindres circonstances, qu'elle avait déjà un grand empire sur elle-même.

Son crucifix et sa madone étaient comme les pôles vers lesquels son âme se tournait sans cesse. C'est à leurs pieds qu'elle allait déposer ses innocents désirs, et qu'elle cherchait sa consolation dans les peines dont l'enfance elle-même n'est pas exempte.

Ceux qu'elle aimait n'étaient pas oubliés dans ces pieux colloques, et bien des grâces

sans doute ont été obtenues par son entre-
mise pour son auguste famille ; car la prière
d'un cœur pur est particulièrement agréable
au Seigneur. Parfois même elle s'absorbait
tellement dans la méditation qu'elle en perdait presque l'usage de ses sens. Un jour,
sa demoiselle d'honneur la surprit agenouillée dans sa chambre devant un crucifix.
Elle avait les mains jointes ; ses yeux
ouverts, attachés sur l'image de la Sainte
Vierge, étaient complètement immobiles.
Après l'avoir laissée quelque temps à sa
pieuse contemplation, Melle Lasserre lui fit
signe de se lever, mais Marie-Immaculée
ne répondit pas ; son regard restait fixe et
elle demeurait dans la même attitude. Sur-
prise et effrayée de voir ses appels inutiles,
elle fit demander la Reine en toute hâte, qui
n'obtint non plus aucune réponse de sa fille.
Peu après Marie-Immaculée revint à elle ;

sa mère ne lui fit aucune question, et la réserve toujours si grande de la jeune princesse l'empêcha de s'expliquer jamais sur ce qu'elle avait ressenti alors. Ne nous est-il pas permis de supposer que le Seigneur parlait au cœur de sa petite servante, tandis que l'usage de ses sens semblait ainsi suspendu ?

Marie-Immaculée avait fait ériger un petit autel dans sa chambre, et, avec sa sœur aînée, elle se plaisait à vénérer l'image de la Sainte Vierge et à l'orner de fleurs et de dentelles. C'était pour elle une occupation pleine de charmes, et elle n'aurait cédé ce soin à personne. A l'approche du mois de Marie, elle augmentait l'ornementation de ce gracieux sanctuaire : des fleurs, des cierges en plus grand nombre, entouraient la statue de Marie, dont le mois était célébré solennellement par les pieuses princesses.

Elles ne se contentaient pas d'offrir à la Très-Sainte Vierge des guirlandes et des illuminations ; elles savaient que notre Mère du Ciel est surtout honorée par l'imitation de ses vertus, et il s'établissait alors entre les deux sœurs une sainte émulation dans la pratique de tout ce qui pouvait coûter à la nature. Sur le petit autel était placé un vase de forme gracieuse, duquel chaque jour les deux princesses tiraient le nom d'une vertu qu'elles s'exerçaient à pratiquer pour l'amour de Marie.

En 1864, la princesse Marie-Pia, Marie-Immaculée, la duchesse Isabelle Salviati et d'autres jeunes nobles romaines voulurent honorer par des fleurs de vertu et de piété leur auguste Patronne. Relues plus tard par la reine Marie-Thérèse, ces saintes pensées réjouirent son cœur si chrétien. Ne recueillait-elle pas déjà les fruits de la constante sollicitude qu'elle apportait à l'éducation de ses filles ? Elle avait su donner un noble but à leur vie, et en les nourrissant des enseignements de la foi, elle les préparait aux épreuves qu'elles devaient rencontrer pendant leur existence.

CHAPITRE QUATRIÈME.

Première Communion de Marie-Immaculée.

LEs sentiments de piété que nous avons vus grandir dans l'âme de Marie-Immaculée avaient fait naître en elle le vif désir d'une union plus complète avec Notre-Seigneur. Elle portait une sainte envie à ses frères lorsqu'elle les voyait s'approcher du banquet sacré. Quand donc pourrait-elle, comme eux, recevoir dans son cœur ce JÉSUS dont elle désirait si ardemment la venue ? Profondé-

ment touchée des si excellentes dispositions
de sa fille, la Reine ne voulut point retarder
son bonheur, et, après s'être concertée avec
son directeur, elle céda à ses instances, et
la première Communion de la jeuue princesse fut fixée aux fêtes de Noël.

Cette nouvelle combla Marie-Immaculée
de joie ; mais la pensée de la grandeur, de
la majesté, de la pureté de Celui qui allait
descendre dans son âme, la pénétra de
crainte.

Grâce aux instructions religieuses qu'elle
avait suivies précédement, son intelligence
était éclairée ; mais elle avait compris que
cela ne suffisait pas, et qu'elle devait apporter à l'action si importante qu'elle allait
accomplir des dispositions personnelles. Il
fallait qu'elle préparât au dedans d'elle-
même une demeure au Roi des rois, qu'elle
purifiât son âme, qu'elle l'ornât des vertus

que Dieu demandait d'elle. « Je veux faire une bonne première Communion, disait-elle souvent ; je le veux quoi qu'il doive m'en coûter. » Et jamais, ainsi que nous allons le voir, elle ne se laissera détourner du but où elle tend.

La pensée qu'elle recevrait Jésus dans son cœur à l'anniversaire de sa naissance à Bethléem frappait vivement son imagination, et, recueillant la parole des anges, elle allait au-devant de tous les actes de vertus, de tous les sacrifices qu'elle pouvait faire avec cette *bonne volonté* qu'ils chantaient en remontant au Ciel. Elle priait davantage, se montrait encore plus modeste, plus douce, plus soumise.

La Reine voulut que rien ne manquât à la préparation prochaine de sa chère enfant, et il fut décidé qu'elle passerait, dans la solitude de son appartement, les huit jours qui précéderaient la cérémonie si impatiemment attendue. Cette retraite porta les plus heureux fruits de salut. Marie-Immaculée en avait compris l'importance, et, désirant être entièrement à la pensée de DIEU, qu'elle se disposait à recevoir, elle se sépara de tout ce qui était de nature à la distraire.

L'une de ses récréations favorites était un oiseau qu'on lui avait donné ; elle trouva qu'il pourrait devenir une cause de dissipation, et elle le fit porter dans la chambre de sa sœur.

Dès son enfance, Marie-Immaculée avait montré un grand amour pour les pauvres. « A sept ans, nous dit Melle Lasserre, son cœur compatissant et sa charité pour les malheureux, qui dépassait ses faibles ressources, lui inspiraient parfois des traits touchants. Je me la rappelle un jour mettant ordre aux haillons d'une petite pauvre, à genoux par terre, les pliant de ses propres mains, pendant que sa sœur, avec d'autres compagnes de son âge, revêtait la petite mendiante de vêtements neufs, auxquels elle avait aussi travaillé. »

Cette charité s'était développée dans l'âme de la jeune chrétienne, et c'est elle qui lui suggéra, au moment d'entrer en retraite, l'idée d'un sacrifice vraiment méritoire pour une enfant. La princesse avait un grand nombre de jouets ; elle les passa tous en revue une dernière fois, et les envoya pour être distribués aux petites orphelines d'un asile de Rome. Afin de rendre ce sacrifice plus complet, elle y ajouta tout ce que contenait sa bourse, à l'exception d'une seule pièce d'or, qu'elle réserva et dont nous verrons plus tard le pieux emploi.

Marie-Immaculée avait interrompu ses études, et toutes ses pensées étaient tournées vers Dieu. Un religieux de la Compagnie de Jésus fut chargé par la Reine de la mission si consolante de lui faire de pieuses conférences. Il lui proposait des sujets de méditation, et l'aidait à appliquer son esprit et son cœur à la contemplation des grandes vérités religieuses.

Ces jours de silence et de recueillement furent des jours d'abondantes bénédictions pour la jeune princesse. Elle avait pris, dès l'enfance, l'habitude de noter ses impressions. Pourquoi faut-il que, par suite de ses nombreux voyages, ces pages, qui seraient maintenant si précieuses, aient été égarées ? Et quelle reconnaissance ne devons-nous pas au pieux religieux de la Compagnie de Jésus, le Révérend Père Giovanni Spillmann, qui, après avoir rempli la douce mission d'initier Marie-Immaculée à la piété, eut l'heureuse pensée de réunir après sa mort le souvenir des plus beaux traits de sa vie !... Il ne nous reste d'elle que quelques lettres, qui étaient enfermées dans une petite bourse en argent comme celles dans lesquelles les dames romaines qui ont une dévotion spéciale à saint Louis de Gonzague, placent leurs vœux pour les lui offrir le jour de sa fête. Ces lettres, écrites en français, sont admirables dans leur simplicité enfantine. La princesse parle à son saint protecteur avec une confiance, un abandon charmant. Elle s'adresse à lui comme à un ami et lui demande sa protection avec la sainte hardiesse de la foi. Ces lignes si touchantes nous révèlent aussi la préoccupation dominante de Marie-Immaculée : sa première Communion. Avec quelle ardeur elle supplie saint Louis de Gonzague de l'aider dans sa préparation !

Cette jeune âme, avide de sacrifices, avait

cherché quel était pour elle l'objet le plus précieux. C'était une épingle surmontée de trois gros diamants, qui lui venait de son auguste père. Ce n'était donc pas seulement l'un de ces bijoux de prix dont l'éclat flatte le goût naturel de l'enfance pour tout ce qui brille ; il avait pour la princesse, si sensible à toutes les affections de la famille, un prix inestimable. Dans son désir de détachement, elle résolut de s'en priver. Mais elle craint que sa mère, sachant combien il devait lui en coûter de s'en séparer, n'y mette quelque opposition : alors elle s'adresse à saint Louis de Gonzague, le presse de l'aider, de lui indiquer la manière de s'y prendre pour arracher la permission désirée, de faire plus encore : d'obtenir que la Reine réponde affirmativement sans aucune hésitation. Peut-être Marie-Immaculée redoutait-elle de manquer elle-même de courage si des observations lui étaient faites à ce sujet.

Voici la première de ces lettres :

« O grand Saint, qui ne perdîtes jamais votre innocence, qui, par votre sainteté, avez tant accru la gloire et l'honneur de votre mère, saint Louis de Gonzague, patron de la jeunesse, grand connaisseur du monde et des faiblesses humaines, je me recommande à vous, afin qu'intercédant pour moi auprès de JÉSUS-CHRIST Notre-Seigneur, vous m'obteniez la grâce de bien faire ma première Communion.

» Saint Louis de Gonzague, vous qui comprîtes si bien le bonheur de la première Communion, oh ! je vous en supplie, obtenez que la mienne soit pour moi le commencement d'une nouvelle vie ; qu'elle dirige toutes mes actions et que, désormais, moi aussi je combatte énergiquement le monde, le démon et mes propres passions.

» Faites-moi cette grâce, ô grand Saint ! En retour, je vous choisis pour mon protecteur. Je me recommanderai à vous chaque jour, à chaque épreuve douloureuse, dans toutes mes impatiences ; et quand la tentation viendra m'assaillir, je réciterai en votre honneur un *Gloria Patri.*

Première Communion de S. Louis de Gonzague.

» Priez pour moi, ô grand Saint ; priez aussi pour que maman me permette, sans même hésiter, que je porte en don à votre chapelle mon agrafe en diamants, et obtenez-moi des lumières afin que je sache bien lui demander cette grâce et lui répondre si elle me fait des difficultés.

> » Marie-Immaculée DE BOURBON,
> » grande pécheresse. »

La faveur tant souhaitée est accordée. La jeune princesse Marie-Immaculée remercie son cher Saint. Mais sa pensée fixe est plus que jamais sa première Communion qui approche. Elle va bientôt recevoir l'absolution et la sainte enfant craint encore ; elle supplie son céleste protecteur de lui donner la force d'avouer tous ses péchés ; son humilité lui exagère ses fautes, et, toute à cette pensée, elle signe Marie-Immaculée de Bourbon, grande pécheresse !

« O saint Louis de Gonzague, mon protecteur, je me recommande encore à vous ! Éclairez-moi et faites-moi la grâce de bien faire ma première Communion.

» O jour heureux ! O jour qui ne viens qu'une fois ! O jour trois fois saint !

» Grand Saint, donnez-moi votre foi, donnez-moi la foi de tous les saints ! priez pour que je n'aie pas honte de confesser mes péchés ! Combien je vous suis déjà reconnaissante de la grâce du fermoir de diamant que vous m'avez obtenue, et pour toutes les faveurs que j'ai reçues de vous dans d'autres occasions !

» Priez pour la très humble servante de DIEU

» Marie-Immaculée de BOURBON,
» grande pécheresse. »

Parfois aussi, elle notait sur de petites feuilles détachées les grâces qu'elle sollicitait dans ses prières ou pendant le saint Sacrifice de la messe. L'une d'elles fut retrouvée dans son livre d'heures. Elle contient une liste des personnes qu'elle recommandait au Seigneur avec les raisons les plus touchantes de ses instances. Entre les noms énumérés, se trouve celui de sa chère et bien-aimée demoiselle d'honneur, Marie Lasserre. « Je prierai pour elle, afin qu'elle ne se sépare jamais de moi. »

Elle fut exaucée, et nous trouverons cette amie fidèle et dévouée jusqu'au lit de mort de la jeune princesse.

« Je prierai, ajoute-t-elle encore, pour Victor-Emmanuel, afin que DIEU l'éclaire et lui pardonne tout le mal qu'il nous a fait. »

Quelle charité et quelle noblesse dans ce pardon demandé par une enfant de onze ans ! Oh ! oui, Marie-Immaculée est bien déjà disciple du divin Maître qui, sur la croix, disait à DIEU en parlant de ses ennemis : « Mon Père, pardonnez-leur, car ils ne savent ce qu'ils font ! »

Ces sentiments si chrétiens sont aussi à

l'honneur de cette mère admirable qui, exilée sur la terre étrangère, avait su les inspirer à ses enfants.

Cependant, le temps s'écoulait dans les pieux exercices de la retraite, la préparation s'achevait, et l'ardent désir de Marie-Immaculée de s'unir à son JÉSUS augmentait à mesure que le moment solennel approchait. La veille de sa première Communion, à peine éveillée, elle appela sa demoiselle d'honneur, qui couchait près d'elle : « Marie, Marie, lui dit-elle avec une joie toute céleste, oh ! quel grand jour sera demain pour moi ! »

Ce moment si désiré arriva enfin. Monseigneur le cardinal Riario Sforza, archevêque de Naples, avait voulu donner lui-même la première Communion à la jeune princesse. La cérémonie avait lieu au Collège Romain, dans la chapelle où saint

Louis de Gonzague avait prononcé ses premiers vœux religieux. Il était doux pour Marie-Immaculée, si pleine de confiance en son illustre patron, de participer pour la première fais au banquet des anges dans le même lieu où, trois cents ans plus tôt, il se consacrait au Seigneur.

La mémoire du jeune saint s'était perpétuée de siècle en siècle dans ce sanctuaire béni.

Le 21 juin 1762, le pape Clément XIII y célébrait pontificalement la messe.

Le 27 juin 1847, Pie IX venait aussi, entouré de toute sa cour, y offrir le Saint Sacrifice. Le 20 juin 1860, Sa Sainteté priait encore devant le tombeau de saint Louis de Gonzague, et envoyait ce même jour une chasuble en drap d'argent, qui devait servir le lendemain à la célébration des saints mystères.

Son Éminence le cardinal Riario Sforza,
archevêque de Naples.

L'année suivante, à la même date, le
Souverain-Pontife offrait un nouveau témoignage de son amour pour le jeune saint :
c'était une magnifique branche de lis en
argent. Dans le milieu de chaque fleur, un
brillant du plus vif éclat simule les pistils,
et autour de la tige s'enroule un ruban com-
posé de diamants délicatement travaillés, et
recouvert de pierres précieuses formant le
nom de l'auguste donateur. C'est un objet
d'art des plus magnifiques et des plus remar-
quables.

N'est-ce pas la vue de cette branche de
lis qui donna à Marie-Immaculée la pensée
d'offrir elle aussi des diamants à son cher
saint ?

Le roi François II, les deux Reines et
toute la famille royale assistèrent à la première Communion de Marie-Immaculée ;
douce et consolante fête à laquelle fut don-

née une grande solennité. Les jeunes Romains qui fréquentent le Collège voulurent accompagner de leurs chants cette belle cérémonie. Tous les yeux étaient fixés sur celle qui en était l'objet. Ses vêtements blancs et simples, le long voile qui l'enveloppait et qui, pour ainsi dire, la dérobait aux yeux du monde, ajoutaient encore à l'impression produite par son profond recueillement. Son immobilité et la vive émotion qui se traduisait sur sa douce physionomie reportaient instinctivement la pensée vers saint Louis de Gonzague, dont elle semblait être la sœur et l'émule en cette grande circonstance de sa vie.

Lorsque la famille royale sortit de la chapelle, le Supérieur général, entouré des religieux de la maison, la reçut dans l'une des grandes salles du Collège Romain. Marie-Immaculée, se dérobant à tous, se

rendit alors, accompagnée de sa demoiselle d'honneur, dans la cellule que saint
Louis de Gonzague avait occupée pendant
sa vie. Elle allait y accomplir le sacrifice si
désiré. Après avoir prié avec une grande
ferveur devant l'autel du saint, elle déposa
sur les degrés le cher bijou dont elle se
séparait à cause justement du prix qu'il ayait
pour elle.

La sainte enfant n'était-elle pas en ce
moment un sujet d'admiration pour les anges
eux-mêmes ? Elle comprenait la loi du sacrifice, et, plus tard, nous la verrons marcher
avec un grand courage dans cette voie
étroite qui mène au Ciel.

Le souvenir de ce trait touchant fut pieusement conservé dans la chapelle de saint
Louis de Gonzague, où nous lisons encore
l'épigraphe suivante :

« Marie-Immaculée de Bourbon, fille de

Ferdinand II, roi des Deux-Siciles, s'étant
approchée de la Sainte Table ici pour la

ROME. — Le Collège Romain.

première fois, prit un souvenir de son père,
le seul objet qui eût de la valeur à ses yeux,

et l'offrit à saint Louis de Gonzague comme témoignage de sa piété et de sa reconnaissance envers lui, le 9 des calendes de janvier 1865. »

Marie-Immaculée, avons-nous dit plus haut, avait réservé une seule pièce d'or en distribuant aux pauvres tout ce qu'elle possédait peu de temps avant sa première Communion. Cette pièce avait une destination spéciale. Elle voulait la remettre elle-même au religieux qui l'avait préparée à la réception de l'auguste Sacrement, et, en allant le remercier, elle exprima le désir qu'elle fût donnée par lui à une petite fille pauvre. Apprenant que cette enfant, qui allait être aussi admise à la Sainte Table, manquait du vêtement nécessaire, elle lui en envoya un de laine qu'elle avait confectionné de ses propres mains.

La première Communion devint pour la

princesse Marie-Immaculée le point de départ de nouveaux progrès spirituels. Elle participa fréquemment au banquet eucharistique, et, imitant son bien-aimé saint Louis de Gonzague, une Communion servait de préparation à l'autre, et ainsi son union avec le Sauveur devenait chaque jour plus étroite.

CHAPITRE CINQUIÈME.

Cruelles épreuves.

LA reine Marie-Thérèse reportait souvent ses regards sur un passé dont elle aimait à conserver le souvenir malgré tout ce qu'il avait d'amer pour elle. Un jour qu'elle s'entretenait de ces années de tribulations et d'épreuves, elle disait à ceux qui l'entouraient, en parlant de Marie-Immaculée :

« Ses frères, nés avant elle dans des temps moins tristes et moins orageux, connaissent et sentent plus et mieux qu'elle le sacrifice que Dieu leur impose. »

En effet, pour cette jeune princesse, qui avait quitté Naples à l'âge de cinq ans, les privations étaient passées pour ainsi dire inaperçues. Entourée de soins, goûtant les joies si douces que la Reine réussissait à procurer à sa jeune famille, elle n'avait point souffert comme ses frères et sa sœur aînée du contraste que faisait la belle et somptueuse résidence de Caserte avec la demeure bien restreinte qu'elle habitait à Rome. L'indifférence pour le confort et le luxe, qui est l'un des heureux privilèges de l'enfant, lui permettait de voir la vie s'ouvrir devant elle pleine de tous les charmes que lui prête l'espérance. Mais Dieu, qui avait de grands desseins sur cette belle âme, ne la laissa pas longtemps dans cette douce quiétude. Le moment était venu où Marie-Immaculée, forte déjà par sa foi et sa piété, allait être appelée à sentir le poids de la douleur dans ce qu'elle a de plus poignant pour un cœur comme le sien.

La Reine, qui se donnait si complètement à ses enfants, était payée en retour par la vénération et l'amour dont ils l'entouraient. Elle était l'âme de cette belle et noble famille d'exilés, et jamais la crainte de la voir ravie à leur tendresse n'avait attristé leur cœur.

Depuis le mois de mai 1867, la famille royale s'était établie à Albano pour y passer la bonne saison, lorsque, dans les premiers jours d'août, le choléra se déclara dans cette petite localité et y fit de cruels ravages. La population était atterrée, car l'épidémie était des plus meurtrières.

Les victimes étaient fort nombreuses et la désolation augmentait chaque jour. Les étrangers fuyaient, les rues étaient désertes.

Les zouaves pontificaux, arrivés au lendemain de l'apparition du fléau, se consacrèrent jour et nuit au service des malades. Ils se multipliaient, portaient les morts, les ensevelissaient, creusaient les fosses au cimetière ; ils étaient partout et seuls près des cholériques, et plusieurs d'entre eux moururent victimes de leur dévouement.

La famille royale, qui était demeurée à Albano pour rassurer le peuple et donner l'exemple du courage, ne put échapper à la contagion. La princesse Marie-Pia fut la première atteinte. La mort épargna celle qui devait être plus tard l'inséparable compagne et la consolation de Marie-Immaculée. Mais le fléau devait faire un vide bien

cruel en frappant la personne de la reine
Marie-Thérèse. Ni les larmes, ni les supplications les plus ardentes ne purent
fléchir le Ciel. Les jours de l'épreuve étaient
terminés pour l'auguste mère de notre jeune
princesse. Pendant sa courte maladie, ses
sentiments de foi, sa résignation toute chrétienne, montrèrent combien était intime son
union avec Dieu. Elle s'éteignit, après seize
heures de souffrances, entre les bras du roi
François II et du prince de Caserte, qui,
depuis le premier instant de sa maladie,
lui avaient prodigué les soins les plus touchants.

Les malheurs noblement acceptés et les
grandes vertus pratiquées par la reine
Marie-Thérèse entourent son souvenir d'une
double auréole. Fille de l'archiduc Charles-
Louis d'Autriche et de la princesse Hen-
riette de Nassau-Weilburg, son mariage avec

Ferdinand II, en la plaçant sur le trône
de Naples, avait semblé lui promettre de
longues années de prospérité ; mais la
gloire que Dieu lui réservait était d'une
autre nature que celle qui passe et qui
s'évanouit comme la fumée. Pour la reine
Marie-Thérèse, elle réside tout entière
dans cette belle et illustre famille dont elle
a été la lumière et le guide dès le moment
où Dieu, en appelant à lui le roi Ferdinand II, la laissait veuve avec huit enfants,
qui furent tous dignes d'une telle mère. La
première de ses filles, Marie-Annunciata,
mariée à l'archiduc d'Autriche Charles-
Louis, mourut saintement à la fleur de
l'âge, après avoir édifié cette cour par la
pratique des plus belles vertus chrétiennes.
Sentant sa fin approcher, elle priait avec
ardeur pour que la paix fût rendue à
l'Église, et conjurait l'empereur Joseph,

son beau-frère, de laisser de côté tous les conseils de la prudence humaine et d'aller délivrer le Souverain-Pontife de sa captivité.

La seconde, Marie-Clémentine, et la troisième, Marie-Pia, furent unies, l'une, à l'archiduc Charles Salvator de Toscane, l'autre, au duc Robert de Parme. Les tempêtes des révolutions les tinrent éloignées des trônes occupés par leurs ancêtres ; mais, du fond de leur exil, elles n'ont cessé de donner au monde les plus nobles exemples de piété et de charité.

Le trait le plus caractéristique des dernières années de la vie de la reine Marie-Thérèse, c'est la prudence et la fermeté qu'elle apporta dans la direction de l'éducation de ses enfants. Elle était pour eux pleine de douceur et de bonté, mais en même temps d'une grande fermeté, suivant

avec énergie et persévérance le plan qu'elle
s'était tracé, les reprenant et les corrigeant
même quand cela était nécessaire. Ce qui
ne les empêchait point d'avoir pour leur
mère une confiance sans bornes et une
affection des plus touchantes. Elle veillait
tout particulièrement sur ses filles bien-
aimées ; elle les éloignait autant qu'elle le
pouvait du contact du monde ; elle s'était
fait une loi de ne jamais les conduire au
théâtre, trouvant que dans notre siècle les
spectacles sont tels que la jeunesse n'a rien
à y gagner et peut y perdre beaucoup.
Disons encore à sa gloire qu'elle se montra
toujours pleine d'un grand dévouement et
d'un profond respect pour la personne sacrée
du Saint-Père. Les joies et les amertumes
du Pontife Romain devenaient les siennes,
et elle avait tant de sollicitude pour sa
santé que, lorsqu'elle habitait Rome, elle

envoyait chaque jour un de ses enfants au Vatican pour avoir de ses nouvelles.

Et c'est cette Reine si chrétienne, cette mère si parfaite, que l'implacable fléau avait enlevée à son inconsolable famille.

Le dernier des fils de la Reine, le petit prince Janvier, qui n'avait encore que huit ans, donna bientôt après les plus vives inquiétudes. Il lutta longtemps contre la mort. Mais DIEU voulait au Ciel ce petit ange, qui laissa des exemples de vertu au-dessus de son âge. Quand il se sentit bien malade, il demanda avec instances, et comme une grande grâce, la faveur d'avoir toujours son confesseur près de lui ; puis il exprima le désir de faire sa première Communion. La gravité de son état fit accéder à ses vœux. Il se confessa avec d'admirables sentiments de piété, et reçut le Pain des forts avec tant de ferveur que la famille royale et tous ceux qui assistaient à cette touchante cérémonie en étaient émus jusqu'aux larmes.

Son médecin, effrayé des symptômes alarmants qui se succédaient, laissa apercevoir quelques signes d'inquiétude. Le jeune prince lui dit qu'il ne craignait point la mort, mais qu'il désirait connaître son véritable état, parce que, ajouta-t-il, « je veux mourir en brave. » Dieu lui accorda cette grâce, et, après avoir édifié par sa patience et par sa douceur toutes les personnes qui l'entouraient, il quitta la terre le 14 août pour la patrie des anges.

Les zouaves, se souvenant que le prince appartenait à la famille des Bourbons, voulurent lui rendre les honneurs que les circonstances permettaient ; ils se trouvèrent à minuit au palais du Roi ; on jeta un drap blanc sur le petit cercueil et ils le portèrent sur leurs épaules, jusqu'à l'autre extrémité de la ville, dans la chapelle où le corps de la Reine-Mère attendait la sépulture. Ce fut un spectacle vraiment imposant dont le roi de Naples fut très touché.

Marie-Immaculée n'avait que treize ans. Son cœur si bon, son âme si tendre, son admiration et son amour pour sa mère, rendirent sa douleur immense. En quelques jours, elle perdait un petit frère qui lui était particulièrement cher à cause de son innocence, et elle devenait orpheline !.... Ses larmes ne tarissaient pas ; elle pleura toute une nuit : « Je n'avais plus mon bon père, disait-elle à l'amie dévouée qui cherchait à la consoler, et j'ai perdu ma mère bien-aimée, à qui je dois tout après Dieu ; » et ses sanglots redoublaient...

La douleur de Marie-Immaculée ne fut

pas de celles qui passent. Tant qu'elle vécut, elle conserva de sa mère le plus vif et le plus affectueux souvenir, priant pour elle et prodiguant l'or en pieux suffrages à son intention.

Elle connaissait maintenant l'épreuve. Servante de JÉSUS crucifié, elle venait d'être appelée à marcher à sa suite dans le rude chemin de la vie, dont, jusque-là, elle n'avait goûté que les joies pures qui sont le partage de l'enfance.

DIEU n'abandonna point celle dont la grande douleur ne se traduisit jamais par un murmure. Orpheline, loin de ses sœurs aînées, elle trouva dans le roi François II, son frère, le cœur même d'un père, et sa sœur, Marie-Pia, qui n'était pas encore mariée, fut pour elle une compagne inséparable dans ses épreuves. Enfin Melle Marie Lasserre, que sa mère avait placée près

d'elle, s'efforça de la soutenir et de la consoler, et ces deux âmes, si bien faites pour
se comprendre, furent dès lors si intime-
ment unies que, plus tard, lorsque à son
tour la princesse Marie-Immaculée quitta
la terre, elle ne crut pouvoir mieux faire que
de charger cette amie si chère de continuer
ses œuvres, et de la représenter auprès
des pauvres, qu'elle a tant aimés pendant
sa vie.

CHAPITRE SIXIÈME.

Retour à Rome. — Séjour au palais Farnèse.

APRÈS les malheurs qui l'avaient frappée,
la famille royale quitta Albano et revint à
Rome. La mort si regrettable de la reine
Marie-Thérèse laissait ses enfants dans un
bien triste isolement. Le roi François II

voulut qu'ils vinssent habiter le palais Farnèse, afin qu'ils y retrouvassent auprès de
lui et de la Reine les affections de la famille.
Cette marque de fraternelle bonté fut pour
le cœur aimant de Marie-Immaculée une
grande consolation ; mais le vide laissé par
le départ, pour une vie meilleure, de sa mère
bien-aimée n'en était pas moins vivement
ressenti. Cependant, à l'exemple de l'auguste princesse Marie - Christine, qu'une
même épreuve avait aussi frappée dans sa
jeunesse, elle répétait souvent au fond de
son âme cette parole de résignation : « Mon
DIEU, que votre volonté soit faite ! » et elle
porta sa croix avec courage et persévérance.

Malgré leur immense douleur et la grande
perturbation jetée dans leur existence, les
jeunes princesses durent reprendre le cours
de leurs études. Les travaux assidus et sérieux auxquels la sagesse maternelle les

avait habituées, étaient d'ailleurs le seul moyen de remplir des heures que leur tristesse rendait bien longues.

DIEU avait doué Marie-Immaculée de l'une de ces intelligences exceptionnelles qui permettent d'embrasser et de poursuivre en même temps les études les plus diverses. Elle connaissait à fond l'italien, qu'elle écrivait avec élégance ; elle parlait le français et l'allemand avec la plus grande facilité. Les personnes qui se trouvaient en rapport avec elle restaient étonnées et charmées de l'entendre causer dans ces diverses langues avec autant de naturel que si chacune d'elles avait été la sienne. Sa distraction favorite était l'étude du dessin ; elle y réussissait merveilleusement ; elle s'appliquait avec un égal succès à la tête, aux paysages, se servait tour à tour du fusain, de l'estompe, du pastel ; mais l'aquarelle avait ses préférences. Jusqu'aux derniers jours de sa vie elle chercha une diversion à ses souffrances en peignant des vues toujours heureusement choisies. Souvent elle se plaisait à copier les images de la Sainte Vierge et des Saints. La dernière peinture qu'elle fit en ce genre fut la reproduction de Notre - Dame du Sacré-Cœur, qu'elle laissa à sa chère institutrice.

Par son application constante, elle surmonta les difficultés qu'elle rencontra dans l'étude de la musique, et parvint à jouer avec sentiment et talent ; mais elle avouait volontiers qu'elle ne sentait en elle aucune des dispositions nécessaires pour devenir habile dans cet art. Elle déplorait même d'être obligée d'y employer un temps qu'elle eût mieux aimé consacrer à d'autres travaux.

La littérature et l'histoire, surtout l'histoire sacrée, avaient infiniment plus de charmes pour la jeune fille. Aidée par une excellente mémoire, aucun détail ne lui échappait : la date des événements, les costumes des différents peuples, leurs mœurs, leur condition, tout cela lui était familier. Lorsqu'elle avait étudié une époque, elle la possédait complètement. Grâce à la rectitude de son jugement, les enseignements qui ressortent de l'histoire ne lui échappaient point ; elle y trouvait profit pour son âme en même temps qu'agrément pour son esprit.

Marie-Immaculée avait souvent lu sans doute l'admirable portrait de la femme forte tracé dans l'Écriture par l'Esprit-Saint, et médité ces paroles : « ... Elle a cherché la laine et le lin, et elle les a travaillés avec des mains sages et ingénieuses. » Puis, n'allait-elle pas, comme aux jours de son enfance, à la Trinité du Mont, recueillir aux pieds de *Mater Admirabilis* les enseignements que lui donnait Marie Adolescente, qui tenait entre ses mains le fuseau, symbole du travail manuel ? Il entrait dans les attributions des jeunes filles élevées dans le temple de Jérusalem, de confectionner de leurs mains les objets qui servaient au culte divin. Elles tissaient elles-mêmes les étoffes de grand prix, qu'elles recouvraient ensuite de riches broderies de soie, d'hyacinthe et d'or, et la Sainte Vierge avait acquis une telle habileté dans ce genre de travail qu'elle surpassait toutes ses compagnes.

La jeune princesse imitait ces grands exemples. Très adroite dans les divers travaux à l'aiguille, elle les variait suivant les circonstances ; tantôt, descendant aux plus humbles, elle confectionnait des vêtements pour les pauvres, de petits jupons, des bonnets, des pèlerines tricotées, qu'elle était heureuse de donner ensuite aux plus nécessiteux ; car la foi lui montrait en eux la personne même du Sauveur, suivant cette belle parole de l'Évangile : « Ce que vous ferez aux moindres de ces petits, c'est à moi-même que vous le ferez ; » tantôt, elle exécutait sur des étoffes précieuses des broderies, auxquelles son goût tout artistique et sa connaissance parfaite du dessin donnaient un grand prix ; c'étaient alors des étoles, des ornements sacrés, qu'elle offrait au Saint-Père ou aux églises qu'elle affectionnait tout particulièrement. C'est ainsi qu'elle broda elle-même trois belles chasubles, l'une pour accomplir un vœu à Notre-Dame du Sacré-Cœur d'Issoudun, la seconde pour une église de Portici, et la troisième, que la maladie l'empêcha d'achever, destinée à Notre-Dame de Lourdes. Elle la laissa en mourant à Mme la duchesse de Parme, la priant d'accomplir ses intentions à cet égard.

La réunion si complète de ces divers talents, qui donnait déjà tant de charmes à Marie-Immaculée, n'était que comme le cercle d'or et d'émail qui enchâsse un diamant. Les qualités de son âme, la bonté de son cœur, la délicatesse de ses sentiments, et par-dessus tout sa vraie piété, la rendaient précieuse à ceux qui avaient le bonheur de vivre dans son intimité, et bien méritante aux yeux de DIEU. Elle pratiquait dans toute son étendue le grand précepte de la charité, s'oubliant toujours elle-même pour ne penser qu'aux autres. « Ma sœur, dit Mme la duchesse de Parme, était un sujet d'admiration pour ses serviteurs et ses proches, tant elle s'étudiait à faire plaisir à chacun. Quand nous nous promenions dans le jardin, si je laissais apercevoir la moindre fatigue, elle s'approchait aussitôt de moi, me plaignait, m'offrait le bras, me faisait asseoir, ou bien, par de douces paroles et par son exemple, me persuadait de continuer ma promenade. Quand il nous survenait quelque chose d'ennuyeux ou de désagréable à faire, comme de nous disposer à un voyage, de préparer des malles, des valises, de courir çà et là, elle prenait tout sur elle et allégeait même les femmes de chambre. Il lui en coûtait souvent beaucoup de fatigues, mais elle les acceptait pour obliger les autres.

» Lorsque tous les détails de sa vie me reviennent à l'esprit, je ne puis m'empêcher de penser et de redire que ma sœur était une bien sainte jeune fille. »

Nous avons vu comment Marie-Immaculée repoussait les louanges avec énergie lorsqu'elle n'était encore qu'une enfant; plus tard ses sentiments d'humilité et de modestie se manifestèrent de mille manières.

Un jour on vint lui offrir un bel ananas.

Pendant qu'elle le regardait et l'admirait, une personne de son entourage, faisant allusion au sort futur qui pouvait sourire à la jeune princesse, lui dit : « Le trône de feuilles sur lequel apparaît ce fruit, est, avec la couronne qui le surmonte, l'image de ce que fera pour Votre Altesse le Souverain Maître, qui élève les trônes et dispense les couronnnes d'ici-bas selon qu'il lui plaît. »

Marie-Immaculée écouta silencieusement et baissa les yeux. La vive rougeur qui se répandit alors sur son visage témoigna de l'impression peu agréable que lui causaient ces sortes de prédictions ; elle ne rêvait pas les honneurs de la terre, et ne cherchait dans cet avenir, qui, hélas ! devait être si court pour elle, que l'accomplissement de la volonté de Dieu.

Par la simplicité et la douceur de ses manières, Marie-Immaculée se faisait aimer de tous ; ce courant de sympathie s'étendait même jusqu'aux créatures sans raison. Un passereau, entrant un jour dans ses appartements, y rencontra un si bon accueil qu'il devint le commensal et l'ami de la jeune fille. Il ne voulait plus la quitter. Il répondait à son appel, se posait sur son épaule, mangeait dans sa main les grains de millet et les miettes de pain qu'elle lui présentait. Quand elle sortait du palais et dirigeait ses pas jusqu'à la villa Corsini ou la villa Patrizi, il la suivait et voletait autour d'elle. C'était pour la jeune princesse une douce et charmante distraction, qui rappelait celle de saint Jean l'Évangéliste se récréant avec une petite colombe. Hélas ! le petit habitant de l'air avait des ennemis sur la terre. Un jour qu'il se reposait sur un arbre près de sa jeune maîtresse, un chat sauta dessus et le tua. Marie-Immaculée en fut attristée et peinée ; mais après avoir versé quelques larmes sur son oiseau chéri : « Allons, dit-elle, faisons-en le sacrifice entier et généreux au bon DIEU ; » et, ayant creusé une petite fosse sur le lieu de l'accident, elle y enterra elle-même son regretté passereau. Cet incident lui fit faire d'utiles et sérieuses réflexions sur la brièveté de la vie, sur les dangers et les pièges du monde, qu'elle compara au chat cruel qui lui avait ravi son oiseau.

Ce trait un peu enfantin de Marie-Immaculée témoigne de la bonté de son cœur, qui se manifestait, du reste, en mille circonstances et lui gagnait l'affection de tous. Ses serviteurs la respectaient et l'aimaient à un tel point que, longtemps après sa mort, ils ne pouvaient encore parler d'elle sans être attendris jusqu'aux larmes. Heureux sont les maîtres qui laissent après eux un aussi doux souvenir !...

Comme nous l'avons dit, la jeune princesse se faisait surtout remarquer par sa
grande simplicité. Il n'y avait rien d'étudié
dans sa personne ; elle était calme et digne ;
tout en elle respirait comme un parfum de
modestie et de douceur qui inspirait la sympathie et commandait le respect. Elle ne
parlait jamais de mode, de parure, de
bijoux ; quand la conversation s'engageait
par hasard dans ces futilités, naturellement,
sans aucune affectation, elle se taisait, comme
si elle n'avait pas entendu, montrant ainsi
combien elle attachait peu de prix à ces
sortes de choses. On peut affirmer qu'elle ne
connut jamais la vanité. Elle était obligée
par sa position de porter souvent de riches
vêtements, mais elle le faisait avec une complète indifférence, uniquement préoccupée
de garder en toute occasion une parfaite
modestie de mise. Elle voulait que ses robes

fussent toujours fermées au poignet et mon-
tantes jusqu'au cou, condamnant ainsi tant
de jeunes filles qui sacrifient à la mode cette
réserve chrétienne qui devrait leur être si
chère. Marie-Immaculée ne pouvait non plus
souffrir dans sa coiffure toutes ces exagéra-
tions qui ne sont que trop acceptées même
par les personnes pieuses. Elle avait en
horreur ces artifices de nattes, de boucles
d'emprunt, que nous trouvons à notre époque
même sur de jeunes têtes. Ses cheveux, par-
tagés en deux bandeaux plats et relevés aux
tempes, étaient retenus par derrière par une
simple résille. C'est ainsi que nous la trouvons représentée sur les belles photographies
que l'on a conservées d'elle. Cette coiffure
donnait à sa physionomie un air gracieux
et doux qui lui allait à merveille. Son extérieur si humble et si modeste frappait le
peuple lui-même, et, lorsqu'elle traversait les

rues de Rome, on disait : « Voici la colombe de Naples qui passe. » Cette jeune princesse de famille royale, qui aurait eu l'occasion et les moyens de s'habiller avec un grand luxe, de satisfaire les goûts de parure naturels à son âge, leur préférait une noble simplicité. Quelle condamnation pour tant de jeunes filles dont la situation est moins élevée, et qui consacrent leur temps et souvent des sommes folles aux frivolités que Marie-Immaculée méprisait !.... Son exemple fut cité fréquemment par les ministres du Seigneur, qui exhortaient les jeunes Romaines à la modestie.

Un dernier trait encore. Le grand-duc de Toscane, son oncle, mourut à Rome pendant qu'elle y était, et elle dut prendre le deuil, comme cela était d'usage. Sa femme de chambre vint lui demander ce qu'elle désirait au sujet de l'étoffe et de la coupe de

ses vêtements. La Princesse, ne se départis-
sant pas de la ligne de conduite qu'elle
s'était tracée, répondit : « Je ferai ce que
fera ma tante, rien de plus. » Elle imitait
là encore la servante de Dieu Marie-Christine, dont elle étudiait du reste la vie et qui,
en pareille circonstance, répondait à sa mère :
« Rien ne m'est agréable que ce qui vous
plaît. » Toutes deux avaient compris qu'en
ce qui concerne l'habillement, la véritable
chrétienne ne doit chercher qu'une chose :
n'être remarquée, ni par la négligence dans
les vêtements, ce qui est un manque de
dignité, de respect pour soi-même et pour
les autres, ni par la recherche exagérée, qui
se comprend chez les femmes païennes de
la Rome antique, mais qui est si opposée à
l'esprit de l'Évangile.

CHAPITRE SEPTIÈME.

Siège de Rome.

QUELQUES mois à peine se sont écoulés depuis la mort de la reine Marie-Thérèse. Ses enfants, groupés autour du roi François II et de la reine Marie-Sophie, sont encore dans le deuil, et déjà de nouvelles épreuves vont traverser l'existence de la famille royale de Naples.

Rome venait de célébrer les belles fêtes du centenaire de saint Pierre, l'enthousiasme avait éclaté de toutes parts, et ceux qui avaient été témoins des ovations de toute la population en l'honneur du Saint-Père n'auraient jamais pu se croire à la veille d'une révolution. Pie IX ne se faisait pas illusion. « La Révolution viendra ici, disait-il ; mais

Dieu est là qui soutient son Vicaire et l'empêche de faiblir. Il peut le laisser chasser, mais pour montrer de nouveau qu'il peut le ramener. J'ai été chassé, je suis revenu ; si je le suis encore, je reviendrai encore ; et si je meurs... eh bien, si je meurs... Pierre ressuscitera... »

Le Saint-Père ne se trompait pas. Au moi d'octobre 1867, cet esprit révolutionnaire qui fermentait depuis longtemps dans Rome fit tout à coup explosion, et les mêmes ennemis qui avaient quelques années plus tôt renversé le trône du roi François II, s'acharnaient aujourd'hui contre l'Église et son auguste Chef. Les hordes garibaldiennes étaient sur les confins des États Pontificaux, se livrant à de continuels brigandages. Grâce aux intelligences que ces anarchistes entretenaient au-dedans de la ville, ils se croyaient certains d'y pénétrer et menaçaient les Romains du massacre et de la ruine. Déjà ils avaient compté les palais,

François II, de Naples.
(D'après une photographie faite à Gaëte en 1861.)

désigné les rues et dressé une liste des personnes qu'ils voulaient dépouiller. L'épouvante était dans Rome, et les pacifiques habitants du palais Farnèse n'échappèrent point à cette émotion générale.

Le Souverain-Pontife restait plein de sérénité : « Si l'on vous demande comment est le Pape, disait-il à des zouaves français qu'il recevait en audience, répondez qu'il est calme, tranquille, en paix, parce qu'il est entre les mains de DIEU. »

Le Saint-Père était en danger. Le roi François II et les princes ses frères, si dévoués à la cause de l'Église, prirent aussitôt les armes et se joignirent aux troupes pontificales. En défendant Pie IX, ils continuaient les traditions de leur famille et se montraient dignes de leur auguste père.

Qu'il nous soit permis de rappeler ici la noble conduite du roi Ferdinand II lorsque, dix-neuf ans plus tôt, Sa Sainteté Pie IX, forcée de quitter Rome, se réfugiait à Gaëte.

* * *

Le 24 novembre 1848, le comte de Spaur, ministre de Bavière auprès du Saint-Siège, remettait au roi de Naples une missive du Souverain-Pontife, dans laquelle il lui demandait l'hospitalité dans ses États. A la lecture de cette lettre, le Roi éprouva un sentiment de douleur mêlé de joie. Il s'affligeait de voir le Vicaire de Jésus-Christ persécuté par ses perfides et ingrats sujets, il se réjouissait de l'honneur que lui faisait le Saint-Père en choisissant son royaume pour lieu de son exil.

Le message était arrivé la nuit. Le Roi avertit aussitôt la Reine, et donna l'ordre de faire chauffer deux frégates à vapeur pour y embarquer deux bataillons de troupes, qui devaient former une garde et rendre les honneurs dus à Sa Sainteté. Lui-même monta sur l'une d'elles accompagné de la Reine et de toute sa famille.

Ferdinand II ne put retenir ses larmes quand il vit paraître le Chef de l'Église presque seul, un bâton à la main, mais toujours doux, calme et souriant sous son tricorne noir comme sous la triple couronne. La reine se mit à genoux avec ses enfants, toute la cour l'imita, et ils ne se relevèrent qu'après avoir reçu la bénédiction de l'Hôte vénéré que le Ciel leur envoyait.

Le Roi employa toute son éloquence à faire agréer de Pie IX l'hospitalité de Gaëte, séjour tranquille et sûr, voisin de la frontière romaine, au milieu d'un peuple fidèle et sous la garde d'un rocher formidablement armé. Il lui céda son palais. Lui-même, avec la famille royale, s'installa dans une maison peu éloignée, d'où chaque jour il

venait le visiter. Sa générosité pourvut à
tout avec empressement, avec allégresse, et

Marie-Sophie, reine de Naples.
(D'après une photographie faite à Rome en 1861.)

le Saint-Père résolut de rester à Gaëte.

A la nouvelle du départ de Rome du Souverain-Pontife, toute l'Europe fut émue. Le gouvernement français lui envoya une députation pour le prier de venir résider en France, et expédia une armée en Italie qui rétablit l'ordre et la paix.

Après dix-sept mois d'exil, Pie IX quitta le palais Portici le 4 avril 1850 pour rentrer à Rome. Le roi Ferdinand, suivi de toute sa cour, l'accompagna jusqu'à la limite des deux États. Au moment de se séparer, le roi de Naples s'agenouilla avec son fils, le duc de Calabre, plus tard François II, et lui demanda une dernière bénédiction.

— Oh ! oui, de toute mon âme, s'écria le Pape attendri, oui, je vous bénis, vous, votre famille et votre royaume. Et que ne puis-je vous exprimer toute ma reconnaissance, et celle de l'Église universelle, pour la généreuse hospitalité que j'ai reçue de vous !

— Très-Saint Père, dit le Roi, je n'ai fait que mon devoir de chrétien, et toute ma vie je remercierai DIEU de m'avoir fourni l'occasion de le remplir.

— Votre piété filiale a été grande et profonde, reprit Pie IX. Encore une fois, que DIEU vous récompense et vous bénisse.

Et il embrassa avec effusion le pieux monarque.

Dès qu'il fut entré sur le territoire pontifical, une escorte de soldats français entoura le Saint-Père pour l'accompagner.

Le 12 avril la ville de Rome tout entière se précipita avec un enthousiasme indescriptible au-devant de son Pontife et de son Roi.

A l'époque où nous sommes arrivés dans notre récit (octobre 1867), les révolutionnaires ne devaient pas entrer à Rome. Vaincus à Mentana par les zouaves pontificaux, qui firent des prodiges de valeur, et par l'armée française, les ennemis de la Papauté durent repasser la frontière italienne, et l'anxiété et la crainte se dissipèrent.

Les jeunes princesses Marie-Pia et Marie-Immaculée étaient restées presque seules au palais Farnèse après le départ de leurs frères. La sollicitude toute paternelle du Saint-Père pour elles s'en était émue. Il les avait fait venir auprès de lui et avait voulu qu'elles restassent au Vatican jusqu'à la fin des troubles. Installées dans les riches appartements de la duchesse Mathilde, elles étaient traitées, d'après l'ordre de Pie IX, de la manière la plus cordiale. En souvenir de Gaëte, il les admettait chaque matin dans sa chapelle privée, où elles entendaient sa messe et communiaient de sa main. Souvent aussi le Saint-Père daignait se promener

Retour de Pie IX à Rome, le 12 avril 1850.

avec elles sur les terrasses, dans les biblio-
thèques, au Musée. Sa conversation était
alors pleine de charmes, et, avec la bonté
d'un père, il cherchait à consoler les jeunes
exilées.

Marie-Immaculée, qui, dès sa première
enfance, avait pour le Souverain-Pontife un
respectueux et filial amour, était particulièrement heureuse dans ces jours de si précieuse intimité. Jusqu'au dernier moment
de sa vie elle se souvint avec émotion de
cette époque, regardant comme une faveur
bien grande l'honneur d'avoir demeuré
auprès du Vicaire de JÉSUS-CHRIST et dans
le Vatican même. Elle aimait à s'en entretenir avec ses sœurs et les autres personnes
de son entourage.

Sa foi si vive qui lui montrait, dans la
personne auguste du Saint-Père, le représentant le plus direct du Sauveur sur la

terre, lui donnait le désir de le rencontrer et de l'entendre parler le plus souvent possible. Lorsqu'elle savait qu'il devait visiter quelque église de Rome, elle y allait toujours avec un grand empressement, et, descendant de voiture, elle se confondait avec la foule et aimait à agiter, elle aussi, son mouchoir en criant avec le peuple : Vive Notre Saint Père le Pape ! Elle savait si bien s'y prendre qu'elle parvenait quelquefois à recevoir une double bénédiction.

Touché de ces sentiments de tendre vénération, le Souverain-Pontife, de son côté, manifestait en toute occasion sa paternelle affection pour la famille royale, soit par des paroles, soit par des faits.

Le centenaire de saint Pierre, célébré en 1867, avait amené de toutes les parties du monde catholique des dons précieux qui attestaient de la fidélité et de l'obéissance au Saint-Siège ; Pie IX aimait à offrir ensuite ces souvenirs aux Églises, aux personnages illustres qui l'entouraient. Il n'oublia pas la royale famille exilée. Il envoya à la princesse Marie-Pia une gracieuse statue en or de la Très-Sainte Vierge, d'un travail exquis ; au prince, comte de Barri, un petit navire en argent avec les voiles, les câbles et le gouvernail aussi en argent. Il était lesté d'un bon nombre de petites pièces d'or que le jeune prince distribua aux pauvres d'après le désir du Saint-Père ; au prince, comte de Caltagirone, une belle collection de médailles d'argent.

Les présents distribués, rien ne restait pour Marie-Immaculée, ce dont elle fut vivement affligée. Il me semble encore, dit Mlle Lasserre, voir la jeune princesse inconsolable et pleurant à chaudes larmes : « Je sais bien, disait-elle dans son humilité, que je ne suis pas digne de recevoir un présent du Saint-Père. » Mais il n'y avait là qu'un oubli de la part du messager, oubli qui fut bien vite réparé, car il revint peu après vers elle en s'excusant et lui remit un camée en topaze sur lequel était gravée l'image de la Sainte Vierge. Il était si beau, que celle qui s'était crue oubliée se trouva être là mieux partagée.

Elle conserva toujours très soigneusement les objets qui lui avaient été donnés par le Souverain-Pontife, et elle les regardait comme ce qu'elle avait de plus précieux au monde. Après sa mort, on retrouva le camée de topaze que, par son testament, elle laissa au duc Robert de Parme; un autre camée, précieux aussi, sur lequel était sculpté le profil du divin Sauveur, échut en partage à Marie-Louise de Parme, son avant-dernière petite nièce; puis différentes saintes

images signées du Pape et jusqu'à une petite
pièce d'argent, une des premières de un
franc frappées à Rome à l'effigie de Pie IX
et qu'elle avait reçue de sa main.

Dès que le denier de Saint-Pierre fut pro-
posé pour subvenir aux besoins de l'Église,
les premiers noms qui parurent sur les
listes furent ceux des jeunes princesses et
de leurs frères; et non contents de ces dons,
rendus aussi riches et aussi abondants qu'il
leur était possible, les deux jeunes sœurs
voulurent encore offrir au Souverain-Pontife
des travaux faits par leurs propres mains.
Quelques-uns furent exposés dans les galeries
de Raphaël, où ils tenaient le premier rang.

Il y avait donc ainsi entre le Saint-Père
et les enfants de Ferdinand II une réciprocité complète de dévouement et d'affection.

Plusieurs événements heureux pour la
famille royale de Naples marquèrent les

années qui s'écoulèrent de 1867 à 1870. Ce fut d'abord le mariage du comte de Girgenti, qui épousa à Madrid, le 14 mai 1868, sa cousine, dona Isabelle de Bourbon, fille de don François d'Assise. Le 8 juin suivant, le comte de Caserte s'unissait à Rome à sa cousine Marie-Antoinette de Bourbon, fille du comte de Trapani ; enfin, le 5 avril 1869, la princesse Marie-Pia épousait le duc de Parme, Robert Ier.

Ce nom de Parme évoque le souvenir de l'admirable mère du jeune prince, Louise-Marie-Thérèse de Bourbon, sœur de Mgr le comte de Chambord.

A la mort du duc Charles III, son mari, le 27 mars 1854, elle prit les rênes du gouvernement au nom de son fils mineur, Robert Ier. L'État de Parme se trouvait alors dans une situation bien critique. Le trésor était vide et obéré, le peuple mécontent, l'industrie et le commerce paralysés. Les premiers actes de la duchesse-régente inaugurèrent une ère nouvelle ; la confiance revint, les charges diminuèrent ; il n'y eut en Europe qu'un cri d'admiration. Forcée une première fois de quitter Parme par suite des intrigues piémontaises, elle y revint quatre jours après, rappelée par l'amour de tout son peuple.

A la suite des événements de 1859, Victor-Emmanuel s'empara de ses États. Elle se retira en Suisse, où elle se voua uniquement à l'éducation de ses quatre enfants : la princesse Marguerite (1), le duc Robert Ier, la princesse Alice (2) et le prince Henri, comte de Bardi.

A son lit de mort, elle légua le soin de

1. Qui épousa au château de Frohsdorf, le 4 février 1867, Charles VII, duc de Madrid, roi des Espagnes.

2. Mariée, le 11 janvier 1868, au grand-duc de Toscane, Ferdinand IV.

continuer sa mission auprès de ses enfants à son frère, Mgr le comte de Chambord. Les jeunes princes ne pouvaient avoir un meilleur maître.

Le mariage du duc de Parme avec la princesse Marie-Pia, dont les vertus faisaient l'édification de Rome, n'eut point pour motif ce que l'on appelle la raison d'État. La piété, les inclinations les plus légitimes, la conformité de caractère, les mêmes principes d'éducation, conseillèrent seuls cette heureuse union, que le Saint-Père voulut bénir lui-même au Vatican.

Elle n'amenait pas un étranger dans la famille de Naples, mais resserrait des liens de parenté déjà bien étroits. Le duc Robert devint un véritable frère pour Marie-Immaculée, et l'intimité qui régnait entre les deux sœurs se continua pour leur plus grande consolation.

Marie-Immaculée, toujours si humble, aimait à prendre conseil de sa sœur aînée, qui se servait quelquefois de la douce influence que lui donnait une différence d'âge de cinq ans, pour modérer, comme l'aurait fait une mère, le zèle, l'ardeur qui portait sa sœur cadette à des actes de mortification et de pénitence qui auraient pu nuire à sa santé. On peut dire que les deux sœurs étaient inséparables, et, de fait, elles le restèrent.

Mais les jours d'épreuves revinrent bientôt pour Rome, et par contre-coup pour la famille royale exilée.

L'orage qui s'était déjà déchaîné devint plus terrible que jamais. En septembre 1870, Victor-Emmanuel profita des revers de la France pour mettre à exécution ses funestes projets dès longtemps conçus. Les troupes françaises, rappelées par le Gouvernement au moment de la guerre d'Allemagne, avaient à peine quitté Rome, qu'il fit envahir le territoire pontifical.

L'état de siège fut déclaré le 13 septembre. Les quatre mille soldats pontificaux, disséminés dans les provinces, durent se replier sur Rome et sur Civita-Vecchia. Le lieutenant-colonel de Charette, coupé dans sa ligne de retraite, réussit néanmoins à sortir de Viterbe et à gagner Rome avec ses zouaves par des montagnes sans chemin. Le colonel Azzanesi en fit autant de Terracine, de Velletri et de Frosinone avec les petits corps indigènes qui y tenaient garnison. Dix mille hommes se trouvèrent ainsi réunis à Rome et se disposèrent à une vigoureuse résistance.

Le 19 septembre, 60.000 Italiens entourèrent les murs de la Ville Éternelle et la sommèrent de se rendre. Pie IX protesta :

« Si nous ne pouvons empêcher le voleur d'entrer, dit-il, qu'il soit au moins constaté qu'il n'entre que par effraction ! »

Cadorna fixa l'attaque au lendemain à la pointe du jour. Pie IX, à cette nouvelle, alla prier dans la basilique de Latran, et près de là, dans la chapelle de la Scala Santa, où se conserve l'escalier que JÉSUS monta dans la maison de Pilate ; il voulut, malgré son âge, gravir à genoux les vingt-neuf marches consacrées par la Passion d'un DIEU. Arrivé au sommet, il se prosterna devant la chapelle des Saintes Reliques, et y pria longtemps pour son peuple égaré, s'offrant en victime pour lui et pour l'Église.

Une indicible émotion s'empara de tous les spectateurs de cette grande scène, et elle ne diminua pas quand, redescendue de la chapelle, Sa Sainteté bénit, sur la demande du colonel de Charette, la petite

troupe de soldats romains rangés sur la

ROME. — La Scala Santa.

place de Saint-Jean de Latran.

Le 20 septembre 1870, à 5 heures du matin, date pleine de tristesse, l'enceinte de Rome fut bombardée sur cinq points à la fois.

Le Saint-Père célébra la messe selon son habitude à sept heures et demie. Les détonations de l'artillerie se mêlaient aux paroles du Saint Sacrifice.

Ses prières étant terminées, il fit introduire dans son cabinet de travail les membres du corps diplomatique, et leur adressa quelques paroles nobles et touchantes. La voix de l'auguste Vieillard s'élevait lente, solennelle et émue. Les canons italiens ponctuaient en quelque sorte chacune de ses phrases.

Vers 9 heures, malgré une défense énergique des soldats pontificaux, une brèche fut ouverte entre les portes Pia et Salara. Pie IX, qui avait voulu simplement faire constater la violence, ordonna au général Kansler de cesser toute résistance, ne voulant pas que le sang coulât davantage pour sa cause.

Désormais Pie IX était prisonnier au Vatican. Mais, dans sa captivité, il n'oublia pas ses devoirs de souverain, et, le 1er novembre, il adressait à tous les prélats en communion avec le Saint-Siège une encyclique qui retrace l'histoire abrégée des attentats piémontais depuis onze ans, et qui restera comme un éloquent réquisitoire de la justice devant le tribunal de la postérité.

De tous côtés arrivèrent au Saint-Père des députations protestant contre cette injuste usurpation. La famille de Naples, si dévouée au Souverain-Pontife, fut des premières à venir au Vatican. Son affection filiale pour Pie IX lui faisait ressentir douloureusement ses pénibles épreuves.

Pour des motifs qui se comprennent facilement, elle ne pouvait désormais résider dans
Rome, que l'on appelait la capitale de l'Italie. Il fallut donc partir, et ce ne fut pas sans
une profonde tristesse que les membres de
cette famille si unie se séparèrent, les uns
pour aller en Bavière, les autres dans le
Tyrol et sur les confins de la France.

Marie-Immaculée, qui ne voulait à aucun
prix quitter sa sœur, la duchesse de Parme,
se réfugia près d'elle avec sa chère institutrice, Melle Lasserre, tantôt dans le Tyrol
et tantôt à Cannes.

La jeune princesse, qui était, comme nous
l'avons dit, une fleur gracieuse mais délicate, pouvant être comparée à la rose ou à
la violette qu'un froid trop rigoureux attaque, qu'un souffle dessèche, souffrit beaucoup de tous ces déplacements. Elle avait
besoin d'une vie calme, d'une température

douce, et elle eut pendant plusieurs années de grands actes d'abnégation et de vertu à pratiquer, transplantée ainsi loin de son sol natal et de Rome, qu'elle regardait comme une seconde patrie. Son éloignement du Souverain-Pontife était surtout pour elle un véritable chagrin. Si, par hasard, la conversation tombait sur ce sujet, elle en était tout émue. Le souvenir des délicieux séjours de Caserte, de Castellamarre et de Naples, qu'elle avait cependant quittés bien jeune, lui était resté cher; et quand, quelques années plus tard, elle traversa rapidement les provinces napolitaines pour s'embarquer à Brindisi, il lui semblait, comme elle l'écrivait à une amie, renaître aux premières et heureuses années de son enfance. La montagneuse Helvétie et les froides et stériles campagnes de l'Allemagne faisaient sur elle une pénible impression

Instinctivement elle éprouvait une sorte de répulsion pour ce climat vif et âpre, qui occasionna chez elle la terrible maladie qui la conduisit si jeune au tombeau. Elle ne se plaignait point cependant et supportait en silence les souffrances très réelles qu'elle ressentait déjà ; elle voyait en toutes choses la main de la divine Providence ; toujours généreuse, elle pardonnait à ceux qui lui causaient ces amertumes, et, comme elle l'avait fait au moment de sa première Communion, elle priait pour eux.

Toutefois Marie-Immaculée trouva une source de consolations, de joies pures, même dans les glaces de l'Allemagne, dans les mélancolies de la Suisse et dans l'exil de Cannes, car partout les pauvres de JÉSUS-CHRIST attendent de ceux qui sont favorisés de la fortune les secours dont ils ont besoin.

Nous l'avons vu, cette passion si noble et si belle de la charité s'était manifestée chez elle dès sa plus tendre enfance ; lorsqu'elle grandit, la Reine lui assigna une pension mensuelle pour ses dépenses de jeune fille ; mais sa bourse était toujours vide avant la fin du mois, et elle venait alors, avec une charmante simplicité, demander à sa mère de la remplir pour la verser entre les mains de ses frères malheureux. Devenue majeure et maîtresse d'un riche patrimoine, son plus grand bonheur était de consacrer tout ce dont elle pouvait disposer en œuvres pies, et de répandre de larges aumônes entre les mains des pauvres. Fidèle aux conseils de l'Évangile, elle accomplissait le bien pour DIEU seul, et cachait avec soin les libéralités qu'elle faisait journellement, n'attendant que de lui sa récompense. Lorsqu'en 1870 elle apprit que le Tibre, en débordant soudainement à Rome, avait submergé une partie de la ville et réduit ainsi beaucoup de familles à la misère, tout affligée de ce désastre, elle envoya une somme considérable aux victimes de l'inondation en se cachant sous le voile de l'anonyme.

Marie-Immaculée ne se contentait point de distribuer de l'or ; elle faisait plus et mieux ; car, reconnaissant JÉSUS sous les traits du pauvre, elle l'aimait et se plaisait au milieu des malheureux. Rien n'était touchant comme de la voir à Balsano et à Cannes s'arrêter dans les rues et s'entretenir avec de pauvres villageois, avec de petits enfants, leur apprenant à prier DIEU, les interrogeant avec bonté sur les principaux points de la doctrine chrétienne, et leur donnant pour récompense des chapelets, des scapulaires, des médailles de la Sainte Vierge, qu'elle faisait venir de Rome pour qu'ils fussent bénits par le Saint-Père. Aussi laissa-t-elle, dans les diverses localités qu'elle habita, une grande réputation de sainteté.

CHAPITRE HUITIÈME.

Mariage de Marie-Immaculée.

LA princesse Marie-Immaculée avait fait, pendant ces dernières années, de grands progrès dans la voie de la perfection. Elle était dans toute la force du terme une jeune fille accomplie. Son intelligence exceptionnelle, ses rares vertus, son cœur si bon, et par-dessus tout son éminente piété, l'avaient admirablement préparée à réaliser en elle le portrait que l'Esprit-Saint trace dans l'Écriture de la femme forte.

Le moment marqué par la Providence pour un changement de vie était arrivé. A l'exemple de sa sœur, elle allait contracter une union qui lui offrait toutes les garanties de bonheur que son âme si délicate pouvait désirer, et qui répondait en même temps à toutes ses aspirations religieuses.

Marie-Immaculée épousait son cousin Henri de Bourbon, comte de Bardi, fils de Charles III de Parme et neveu du comte de Chambord. Des liens bien doux existaient donc déjà entre les deux familles, puisque le prince Henri était le frère du duc Robert, qui avait épousé, quelques années auparavant, sa sœur Marie-Pia.

Il était né à Parme, presque à la veille de la mort si tragique de son père, et son enfance avait été traversée par bien des épreuves. Il n'avait que huit ans lorsqu'une révolution inique força la duchesse-régente à quitter Parme.

C'est dans l'exil, en Suisse, que son illustre mère continua l'œuvre si importante de son éducation, œuvre qui devait être achevée par les Pères Jésuites au collège de Feldkirch. La pensée que son fiancé avait été élevé par les Pères de la Compagnie de Jésus était, pour la pieuse princesse, un gage de bonheur.

Le mariage apparaissait à Marie-Immaculée comme une grande et sainte chose, et elle s'y prépara en étudiant les nouveaux devoirs qu'elle aurait bientôt à remplir et dont elle comprenait toute l'importance.

Après de sérieuses réflexions et sous l'œil de Dieu, elle s'était tracé un règlement de vie, faisant à ses exercices religieux une large part, mais de façon cependant à lui laisser toute la liberté nécessaire pour l'accomplissement de ses devoirs d'épouse chrétienne.

Combien il est regrettable que les cahiers

sur lesquels elle avait écrit ce règlement
de vie, et d'autres précieux documents,
n'aient pas été retrouvés après sa mort !
Tout était prévu : son entourage, son
train de maison, ses relations, ses conver-
sations, sa correspondance, etc. Espérant
que DIEU bénirait son union en lui envoyant
une famille à élever, et se rappelant tout ce
que sa mère avait été pour elle et pour ses
frères, elle s'était promis de choisir des
professeurs intègres, d'exercer auprès de
ses enfants une surveillance active, de les
entourer d'un amour plein de sollicitude, de
veiller à ce qu'ils apportassent à l'étude une
grande assiduité, mais par-dessus tout de ne
rien négliger pour que la religion fût la base
de leur éducation.

C'est le 27 novembre 1873, dans la ville
de Cannes, que fut contractée l'alliance de
Marie-Immaculée de Bourbon avec le

Cannes.

comte de Bardi. La cérémonie fut des plus simples. Aucune réception extraordinaire n'eut lieu. La famille royale était en exil, et il n'y a jamais lieu de se réjouir sur une terre étrangère. Puis la mort avait enlevé aux jeunes fiancés des parents bien-aimés, dont la place restait vide à cette heure solennelle où leur présence eût été bien douce au cœur des deux orphelins.

Fidèle à ses charitables habitudes, Marie-Immaculée voulut que le jour de son mariage fût spécialement marqué par d'abondantes aumônes versées dans le sein des pauvres. C'était, pensait-elle, le plus sûr moyen d'attirer les bénédictions dont elle avait besoin au moment où elle entrait dans une vie nouvelle.

La grave et douce peinture que fait Tertullien du mariage chrétien ne semble-t-elle pas s'appliquer à cette union ?

« Ces deux époux, bénis du Ciel, n'ayant plus qu'un même toit, un même foyer, un même nom, un même cœur, une même vie ; tous deux disciples de la religion, pénétrés tous deux d'amour et de respect pour elle, et trouvant tous deux près d'elle la garantie de leur bonheur, porteront désormais ensemble le joug du Seigneur. On les verra prier, se prosterner, adorer ensemble..... Ils partageront également ensemble les biens et les maux, les consolations et les peines inévitables de la vie présente. Les peines y sont plus fréquentes que les joies, qui ne le sait ?

» On les verra aller ensemble visiter les pauvres, consoler les affligés, soulager les malades, et le monde lui-même les bénira tous deux comme les anges tutélaires de la vertu et du malheur. »

Les décrets du Seigneur ne sont pas

toujours conformes aux prévisions humaines. L'avenir, qui semblait sourire aux jeunes époux, allait bientôt s'assombrir. Suivant la poétique expression de l'historien de Marie-Immaculée, à peine cette belle et gracieuse fleur fut-elle greffée sur les lis de Parme, que, par un secret dessein de la Providence, elle devait pâlir et s'effeuiller.

La jeune comtesse de Bardi prévoyait-elle l'épreuve qu'elle allait rencontrer ? On remarqua que lorsqu'elle quitta Cannes, il y avait un voile de tristesse répandu sur ses traits, et ce fut avec un sourire tout mélancolique qu'elle répondit aux souhaits de bonheur que lui exprimaient sa famille et ses serviteurs.

Plus le terme de son existence ici-bas semblait être prochain, plus la pieuse princesse était résolue à remplir d'une manière agréable à DIEU le temps qu'elle devait passer sur la terre. Elle s'efforça de retracer en elle les vertus de la vénérable Marie-Christine, et, se rappelant sa soumission si entière envers Ferdinand II, elle s'appliqua à se montrer, elle aussi, parfaitement obéissante envers le comte de Bardi. Il lui seyait bien, du reste, avec sa douceur et son humilité, de remplir auprès de lui la mission que DIEU a donnée à l'épouse chrétienne. Elle prévenait ses moindres désirs et les exécutait avec empressement. Si quelque légère divergence d'opinion naissait entre eux, la princesse cédait immédiatement quand elle croyait pouvoir le faire. Dans le cas contraire, elle employait, pour persuader le prince, des paroles si douces, si affables, qu'elle le faisait facilement accéder à ses desseins. Elle affirmait à une personne amie, quelque temps avant sa mort, qu'elle ne croyait pas avoir jamais contrarié son mari. Il y avait du reste une complète réciprocité, car le prince lui témoignait une grande estime et l'entourait d'une tendre affection. Lorsque chaque soir, avant de prendre leur repas, ils s'agenouillaient devant le crucifix pour faire leurs prières, l'union de leurs âmes était parfaite.

Mais revenons en arrière. Le lendemain de leurs noces, les deux jeunes époux avaient quitté Cannes pour se diriger vers le Caire. Ce ne fut pas sans inquiétude que la famille royale vit la comtesse de Bardi entreprendre un si long trajet. Quant à elle, n'ayant en vue que d'être agréable à son mari, qui désirait ce voyage, elle ne fit aucune objection. C'était son chemin de la croix qu'elle commençait, et qui, après plusieurs stations bien douloureuses, allait la conduire jusqu'à l'épreuve suprême. Les premières fatigues amenèrent les premières souffrances, et ce voyage de noces, qui devait être un voyage d'agrément, devint une suite non interrompue de privations et de douleurs. Pendant les quarante jours qu'elle navigua sur le Nil, elle dut garder constamment le lit par suite d'une fièvre pernicieuse qui mit sa vie en danger. Toujours forte et courageuse, elle supportait cette épreuve avec une résignation parfaite, se montrant patiente et conservant même sa gaieté. Elle dissimulait à tous les yeux la tristesse et les angoisses que son cœur ressentait en se voyant malade loin de ses sœurs et de sa famille. Elle consolait le comte de Bardi, dont l'unique préoccupation était d'atténuer pour elle, par tous les moyens possibles, les fatigues et les inconvénients de cette longue traversée. Bonne envers tous, elle enconrageait ses serviteurs. Un jour sa femme de chambre, effrayée de l'état de souffrance dans lequel elle voyait sa bonne maîtresse, pleurait au pied de son lit. La princesse s'en aperçut, et, l'appelant avec douceur : « Ne pleurez pas ainsi, ma chère Marie-Grâce, priez plutôt pour moi. » Puis elle ajouta en souriant : « Si je meurs, je vous laisserai mes brillants. »

Les jours succédaient aux jours, et rien ne triomphait de l'état de langueur de Marie-Immaculée ; de fréquents évanouissements accusaient chez elle une grande faiblesse. Le comte de Bardi espérait que le voyage dans la Haute-Égypte, qui succéda à la navigation sur le Nil, amènerait une amélioration, mais elle ne se produisit pas. La crainte, hélas ! trop motivée de la voir mourir sur ces terres lointaines, décida le retour en France, qui ne s'effectua qu'au prix de nouvelles fatigues. Enfin, le 30 mars, après quatre mois d'absence, la jeune princesse arriva à Marseille, et la vue de sa sœur bien-aimée, Marie-Pia, et de sa chère institutrice et amie, Melle Marie Lasserre, sembla la ranimer un instant.

La famille royale voulait encore espérer qu'à force d'affection et de soins elle pourrait rendre la santé à celle qu'elle aimait et vénérait comme une sainte. Avant de quitter Marseille, elle appela en consultation plusieurs médecins, qui conseillèrent de conduire la jeune malade à Cauterets, dont les eaux sulfureuses pourraient lui être salutaires. Marie - Immaculée avait plus de confiance dans la puissance de celles de Lourdes ; aussi reprit-elle courage pour ce nouveau déplacement à la pensée qu'il lui donnerait la possibilité de visiter la grotte miraculeuse, et d'y prier Celle qui est si justement appelée la Santé des malades.

Les augustes voyageurs se dirigèrent
donc vers Lourdes, et, suivant le désir de
la pieuse malade, s'y arrêtèrent quelque
temps. Deux fois par jour, malgré sa faiblesse, elle se faisait conduire à la grotte,
où elle restait plusieurs heures en prières.
Que se passait-il pendant ces longues stations entre la Vierge-Immaculée et celle
qui se faisait gloire de porter son nom ?
Nous devons à une pieuse confidence de
connaître la prière qu'elle répétait avec
amour dans la grotte de l'Apparition :
« Seigneur, disait-elle, qu'il soit fait de moi,
non selon mes désirs, mais selon les vôtres.
A quoi me servirait de vivre plus longtemps
sur la terre si je me soustrayais ainsi à votre
aimable volonté ? »

La jeune princesse était revenue d'Égypte
persuadée que Dieu lui demandait le sacrifice de sa vie, et lorsqu'elle s'entretenait

cœur à cœur avec Melle Lasserre, elle parlait souvent de sa mort comme d'une chose certaine. Ce fut donc plutôt pour obtenir les lumières et la force dont elle avait besoin que pour retrouver la santé du corps, qu'elle voulut être plongée deux fois dans la piscine. Quoique les eaux fussent très froides, et qu'on en redoutât l'impression pour elle, elle rassurait les siens en disant : « Ne craignez rien ; l'eau de la Sainte Vierge ne peut pas me faire de mal. »

Il devait en coûter à la jeune comtesse de Bardi, si favorisée sous tant de rapports, de renoncer à un avenir où tout semblait lui sourire ; elle le fit cependant avec courage et générosité, se soumettant entièrement aux desseins de la Providence sur elle.

Ici nous pouvons faire un nouveau rapprochement bien touchant entre elle et la vénérable Marie-Christine :

Toute jeune encore, protégée par l'amour de ses sujets, la reine des Deux-Siciles, attachée désormais à la vie par la naissance d'un fils, s'inclina sous la main de DIEU qui la rappelait à Lui. La volonté divine, voilà tout ce qu'elle aimait, tout ce qu'elle désirait, tout ce qu'elle cherchait, et rien ne lui était trop rigoureux de ce que DIEU ordonnait. Le Père Terzi, qui l'assistait à ses derniers moments, lui ayant demandé de faire au moins cette prière : « Seigneur, si je suis encore nécessaire ici-bas, daignez m'y laisser ! » — « Ah ! mon Père, dit-elle, que le Seigneur fasse ce qu'il veut. Je sais qu'il faut se résigner à sa volonté et je le fais de tout cœur. »

Cependant Marie-Immaculée dut quitter Lourdes pour se diriger vers Cauterets, dont les eaux ne produisirent sur elle aucun effet. Mais elle eut, pendant ces jours d'isolement et de souffrance, une consolation qu'elle reçut comme venant du Ciel. Le roi François II, son frère, qui avait pour elle une grande affection, vint passer quelque temps auprès d'elle. Il fut profondément édifié de sa douceur et de sa résignation, et il écrivait : « Les vertus que j'ai pu admirer dans ma sœur Immaculée à Cauterets, ont plus profité à mon esprit que tout un long cours de sermons. »

L'insuccès des eaux de Cauterets décida la famille royale à tenter un nouvel essai, et elle tourna sa confiance vers Luz, que les médecins prescrivent ordinairement comme un baume à leurs malades. Elle y arriva le 30 juillet, et les premiers jours de ce nouveau traitement apportèrent quelque amélioration dans l'état de la jeune malade. Sa famille se reprit aussitôt à espérer. Sa joie durait encore, lorsque se manifestèrent des

symptômes trop alarmants pour laisser sub-
sister la moindre illusion. On appela en toute
hâte le docteur Nonna, de Pau, qui, après
avoir examiné la Princesse, prit à l'écart le
prince Henri et Melle Lasserre pour leur
avouer que tous les remèdes humains seraient désormais inutiles, et qu'il pensait
que le terme fatal approchait. On comprend
facilement l'immense douleur que leur causa
cet arrêt. On se rattache si facilement à la
plus légère espérance pour la vie de ceux
que l'on aime !

Si tout était perdu du côté de la terre,
il fallait penser au Ciel et préparer le passage de cette âme bien-aimée du temps à
l'éternité. Remplis de la force que la foi
seule peut donner dans de semblables circonstances, le Prince et Melle Lasserre
n'eurent plus d'autre but que d'alléger les
douleurs de leur chère malade et de la

fortifier par les consolations religieuses.

Le séjour à Pau, où les communications étaient plus faciles, les commodités pour les soins que réclamait l'état de la Princesse, plus grandes, fut alors décidé. Sa faiblesse était telle, que l'on crut devoir organiser une sorte de litière pour la transporter de son lit à sa voiture. « Voilà donc où j'en suis ! dit-elle quand on l'y plaça. Il y a quelques mois, j'allais moi-même où je voulais ; à mon arrivée ici, on m'a transportée dans un fauteuil ; maintenant on m'apprête une litière ; dans peu, ce sera dans un cercueil que l'on me portera au tombeau. »

La Princesse était parfaitement résignée ; cependant il y avait une teinte de tristesse dans ses paroles. La nature souffre lorsque, à dix-neuf ans, entouré d'une famille qui vous aime et dont on fait le bonheur, on sent la mort approcher à grands pas ; mais c'est justement l'acceptation de ce sacrifice qui constitue un vrai mérite aux yeux de DIEU.

Après ce regard jeté en arrière, Marie-Immaculée ajoutait : « Je remercie le Seigneur de pouvoir encore aller jusqu'à Pau, où j'aurai la consolation d'être assistée à ma mort par un religieux de la Compagnie de Jésus. »

CHAPITRE NEUVIÈME.

Le retour à Pau.

DÈS le mois de mars, à son retour d'Égypte, nous avons vu que la comtesse de Bardi parlait déjà de sa mort comme d'une chose prochaine. Le 13 août, encore à Luz, elle disait à Melle Lasserre : « Quel bonheur ce serait pour moi de mourir le jour de l'Assomption ! que je serais heureuse si la Ste Vierge m'appelait à célébrer cette belle fête dans le Ciel comme elle le fit pour saint Stanislas ! Mais, avait-elle ajouté avec un accent de regret, je ne suis pas encore assez malade pour espérer cette grâce. » Quand elle s'entretenait de sa céleste patrie, c'était avec une telle ardeur et un tel feu que l'on sentait bien qu'elle ne vivait plus pour cette triste terre. Parfois un léger trouble se répandait en elle à la pensée des peines du Purgatoire. C'était une ombre légère qui semblait voiler sa joie ; elle exprimait ses craintes à son amie Melle Lasserre, qui ramenait facilement le calme dans cette âme si docile en lui rappelant les mérites infinis du Sauveur.

Cependant, si elle aspirait déjà de toute son âme à la possession des biens éternels, la douleur et les regrets n'en étaient pas moins profonds chez ceux qui l'aimaient.

Tout était perdu humainement parlant; mais ne pouvait-on point espérer un miracle? On priait beaucoup la Sainte Vierge pour la Princesse, et l'on insistait pour qu'elle s'unît à toutes ces supplications. Elle répondit, toujours guidée par sa complète soumission aux décrets de la Providence : « J'aime mieux demander que la volonté de Dieu s'accomplisse jusqu'à mon dernier soupir. A quoi me servirait de vivre, ne fût-ce qu'un jour de plus, exposée à commettre quelque péché ? »

Tous les efforts tentés jusqu'alors pour le rétablissement de la jeune comtesse de Bardi avaient donc été inutiles. Dieu voulait rappeler à Lui cette âme si pure et si fidèle, et toutes les prières adressées au Ciel pour sa guérison devaient obtenir pour elle, non le retour à la santé, mais des grâces spirituelles bien autrement précieuses.

Le voyage de Lourdes à Pau fut extrê-
mement pénible. Le moindre mouvement la
faisait beaucoup souffrir ; sa résignation ne
se démentit jamais et elle ne fit entendre
aucune plainte.

Elle arriva à Pau le 19 août dans un état
de prostration complète ; lorsqu'elle fut un
peu remise de ce profond abattement, elle
supplia sa famille de ne plus rien tenter
pour sa guérison et de ne plus lui parler que
des choses du Ciel. Dès ce moment on peut
dire que la pensée de sa fin prochaine ne la
quitta plus. Pour se conformer à ses désirs,
ceux qui l'entouraient s'entretenaient alors
en sa présence de nos destinées futures, de
la confiance que nous devons avoir dans nos
saints protecteurs, des secours puissants
qu'ils nous obtiennent de Dieu aux jours
de l'épreuve.

Dans cette même après-midi du 19 août

Marie-Immaculée exprima le désir de voir le religieux de la Compagnie de Jésus qui devait la guider et la fortifier jusqu'à son dernier moment. Le comte de Bardi ne voulut laisser à personne le soin de satisfaire les vœux de la pieuse Princesse; il se rendit lui-même en toute hâte à la résidence des Péres Jésuites, où il demanda le Révérend P. Barbier, maître des novices.

« Mon Père, lui dit-il, tout espoir de guérison est perdu; la Princesse sait qu'elle va mourir et elle désire vous voir sans retard. »

Le P. Barbier répondit immédiatement à un appel aussi touchant. Il fut accueilli dans l'auguste famille comme un ami et un consolateur envoyé de DIEU. Le duc et la duchesse de Parme étaient attendus à Pau; Le comte de Barri s'y trouvait dejà. Ce prince était du même âge que Marie-Imma-

Le château de Pau. (Dessin de Karl Girardet.)

culée, et il avait toujours régné entre le frère et la sœur l'union la plus intime. Sa Majesté la reine Marguerite, femme de Charles VII et sœur du comte de Bardi, était là aussi, essayant de consoler son frère; Melle Lasserre, avec le dévouement qui la caractérisait, ne quittait pas la comtesse de Bardi. C'est surtout pendant ces jours d'angoisse qu'elle sentait combien elle aimait cette pieuse et sainte Princesse qui lui avait été en quelque sorte léguée par la reine Marie-Thérèse. Rappelons-nous la naïve prière de Marie-Immaculée au jour de sa première Communion, quand elle demandait à DIEU de n'être jamais séparée de sa *chère demoiselle*. Cette demande, le Seigneur l'exauçait, et jusqu'au dernier moment Melle Lasserre veilla auprès de son lit.

La comtesse de Bardi ne désirait rien tant que d'achever les préparatifs de son dernier voyage, et elle le disait avec un admirable esprit de foi. Dès le premier jour, elle s'entretint longuement avec celui auquel la Providence avait départi la mission, qui devait être pour lui si belle et si douce, de conduire son âme jusqu'aux portes de l'éternité; elle le pria de faire ériger un autel dans sa propre chambre, afin qu'il pût y célébrer la Sainte Messe. « Demain, dit-elle ensuite, je ferai ma confession générale. Mon Père, demandez à DIEU de me venir en aide. »

Alors, voulant mettre ordre à toutes ses affaires d'ici-bas et se rappelant quelques promesses qu'elle avait faites, elle demanda qu'on les accomplît aussitôt après sa mort. Elle voulait que ses pierreries fussent employées à orner un ostensoir destiné à l'église de Notre-Dame du Sacré-Cœur à Issoudun, que sa couronne et sa robe nuptiales y fussent également données ainsi qu'une lampe d'argent (1).

Au sanctuaire de Marie à Einsiedeln en Suisse elle offrait un cœur en argent, et à Notre-Dame de Lourdes une riche chasuble qu'elle avait commencé à broder et qu'elle pria sa sœur bien-aimée d'achever. Détail très touchant, sa bourse, dont elle répandait le contenu avec tant de profusion entre les mains des pauvres, se trouvant vide, elle se tourna alors vers le prince Henri et lui demanda six cents francs pour faire célébrer deux cents messes qu'elle avait promises pour les âmes du Purgatoire.

Le 20 août, le P. Barbier célébra le Saint Sacrifice dans la chambre de la pieuse Prin-

1. Le duc et la duchesse de Parme se rendirent, après la mort de la Princesse, au sanctuaire de Notre-Dame du Sacré-Cœur à Issoudun, et accomplirent le vœu de la chère défunte, en implorant la bénédiction maternelle de Marie sur toute la famille royale.

cesse. Privée depuis plusieurs jours du bonheur de recevoir Notre-Seigneur, elle aspirait de toute son âme après la Sainte Communion, et ce fut avec une joie vraiment céleste qu'elle reçut ce Pain de vie qui devait la fortifier à cette heure suprême. Longtemps elle demeura absorbée dans un recueillement profond, goûtant avec ravissement le bonheur d'une union si intime avec Dieu ; elle voulut rester dans une sorte de solitude, et, à partir de ce moment, elle ne parlait presque plus, non seulement à cause de la fatigue que lui causait la moindre parole, mais surtout parce que le silence lui paraissait être une excellente préparation à la mort. La reine Marguerite ayant exprimé le désir de la voir :

« Que Marguerite, répondit-elle, veuille bien me le pardonner, mais j'ai besoin de rester seule avec mon Dieu. »

A 3 heures, selon le vœu exprimé par la Princesse, le P. Barbier vint pour entendre sa confession générale. Marie-Immaculée attachait une grande importance à cette confession que, dans son humilité profonde, elle croyait nécessaire. Elle scruta sa conscience avec beaucoup de soin et s'examina jusque dans les plus petits détails. Elle apporta à ce pieux exercice un tel sentiment de foi et de défiance d'elle-même que, pendant le temps qu'elle y consacra, elle envoya plusieurs fois demander aux siens de l'aider par leurs prières près du Seigneur. « Le temps presse, disait-elle, priez pour moi. »

Ce fut Melle Lasserre qui reçut le Père et se chargea de l'introduire auprès de Marie-Immaculée.

« Pauvre Princesse ! lui dit-elle, la confession qu'elle doit vous faire ne sera pas longue ; nous l'avons toujours regardée comme un ange, et elle est prête à paraître devant Dieu. »

Le P. Barbier fut profondément édifié des sentiments de la pieuse malade, et il n'eut qu'à remercier Dieu d'avoir conservé si pure, au milieu du monde, cette âme qui bientôt allait quitter la terre. La Princesse fut dès lors encore plus unie au bon Dieu ; elle passa le reste de la journée et les longues heures de la nuit suivante à prier, à écouter quelques lectures sur la préparation à la mort, à suivre doucement les prières qu'on faisait pour elle au pied de son lit. Elle était soutenue et consolée par sa sœur, la duchesse de Parme, qui, pendant cette dernière période de la maladie, ne la quitta pas un instant. Refoulant au fond de son cœur sa grande douleur, elle restait forte et courageuse en face de l'immense sacrifice que Dieu allait lui demander. Pendant des heures entières elle récitait à haute voix les prières que la pauvre malade avait le plus aimées pendant sa vie et lui suggérait de saintes pensées.

Le lendemain 21 août, le P. Barbier revint pour célébrer la Sainte Messe ; il demanda à la Princesse comment elle avait passé la nuit.

— J'ai bien souffert, répondit-elle.

— Vous êtes-vous conservée dans le calme et l'union avec Notre-Seigneur ?

— Oh ! oui.

— N'avez-vous aucune inquiétude ?

— Aucune. Seulement je désire bien mourir. Je demande à Notre-Seigneur de ne pas me faire attendre plus longtemps. Pensez-vous, mon Père, que j'aie encore plusieurs jours à vivre ? Je vous en prie, ajouta-t-elle avec insistance, demandez avec moi à Dieu de m'appeler sans retard à Lui.

Mais aussitôt, d'après les conseils de son pieux directeur, elle s'abandonna complètement entre les mains de DIEU, se résignant à vivre et à souffrir encore s'il le voulait, se préparant ainsi, par des actes de conformité à la divine Volonté, à recevoir pour la seconde fois le Pain des anges.

Le comte de Bardi, le duc et la duchesse de Parme voulurent communier aussi à la messe qui se disait près de la mourante.

Lorsque le Saint Sacrifice et l'action de grâces furent achevés, Marie-Immaculée demanda à être seule avec le P. Barbier ; il lui restait un devoir à remplir : faire son testament. Pour une âme détachée, dès ses premières années, de tous les biens de ce monde, s'en dépouiller n'était pas un sacrifice. La Princesse aurait voulu laisser ses dernières volontés écrites de sa propre main, et n'avoir que DIEU pour témoin dans la disposition de ces richesses dont il l'avait si abondamment pourvue ; plus d'une famille sauvée par elle aurait eu la consolation de voir son nom tracé par la main de sa bienfaitrice ; mais sa faiblesse l'en avait jusque-là empêchée, et elle sentait qu'il ne fallait point retarder davantage. Elle se décida donc à le dicter, et pria le P. Barbier d'appeler un notaire digne de confiance et les témoins nécessaires pour en dresser l'acte.

A deux heures de l'après-midi, le notaire et les quatre témoins étaient introduits dans sa chambre. A leur vue, le comte de Bardi se retira et demanda au P. Barbier de rester avec la Princesse. Par un sentiment de discrétion bien explicable, le Père, malgré cette demande, s'était levé pour sortir, mais la Princesse, s'en étant aperçue, se tourna vers lui : « Mon Père, dit-elle, ne m'abandonnez pas, je n'ai que vous en ce moment. »

La comtesse de Bardi s'était préparée par la prière à cette pénible séance. Depuis plusieurs jours elle ne parlait presque plus, et était incapable de supporter la moindre fatigue. Cependant, à voir son visage si calme, personne n'aurait soupçonné l'effort héroïque qu'elle faisait sur elle-même. La plus grande énergie se peignait sur ses traits ; elle répondait à toutes les difficultés qui surgissaient, résolvant les doutes, discutant et aplanissant tous les points. Elle lut aux témoins ce long écrit d'une voix faible mais claire, et y apposa sa signature. Elle montra dans cette circonstance une telle présence d'esprit, une telle rectitude de jugement, et surtout un détachement si complet des choses terrestres, que le notaire et les témoins, qui n'avaient éprouvé tout d'abord qu'un sentiment de vive sympathie à la vue d'une jeune femme de sang royal aux prises avec la mort, se sentirent bientôt pénétrés d'un profond et religieux respect. L'un d'eux disait au P. Barbier en sortant : « Ce spectacle a été pour moi une grande prédication. Je n'oublierai jamais cette figure de sainte. Quelle force d'âme ! quelle vertu !... »

Le testament de la comtesse de Bardi est un monument d'admirable charité. Toute sa vie avait été animée par un tendre amour pour Notre-Seigneur, qu'elle voyait sur les autels et dans les pauvres. Elle savait que les seules richesses que nous emportons au-delà du tombeau sont celles dont nous nous dépouillons avec esprit de foi ; c'est pourquoi elle voulut que ses œuvres charitables se perpétuassent après sa mort.

Lorsqu'elle eut réglé tout ce qui concernait sa famille, ses héritiers, ses serviteurs, qu'elle récompensa largement, elle dicta une longue liste de dons, de bienfaits, d'aumônes, de legs pieux en faveur des missions étrangères, de maisons religieuses, d'orphelinats et de familles pauvres ; elle laissait aussi des legs particuliers aux divers sanctuaires où elle aimait à prier : aux églises des Pères de la Compagnie de Jésus à Pau, de Notre-Dame du Sacré-Cœur à Issoudun, de Paray-le-Monial, de Lourdes, de Bayonne...

Après qu'elle eut consacré la somme de 700.000 francs à ces œuvres de charité chrétienne elle ajouta : « Je désire que le surplus de mes capitaux, s'il y en a, soit dépensé à l'achat de vases sacrés et d'ornements pour les églises pauvres, et j'en laisse le soin à Melle de Castelbajac, de Pau, qui en aura la libre disposition et n'en devra compte à personne. »

Pouvait-il y avoir une plus belle préparation à la mort que ces dernières et si abondantes aumônes, qui étaient comme le couronnement de toutes celles qu'elle avait répandues pendant sa vie ? Le Seigneur avait pénétré son âme du don de miséricorde, don qui est au-dessus de tous les autres et rend l'homme semblable à Dieu.

Marie-Immaculée se sentait soulagée d'un grand poids. Elle leva les yeux au Ciel et remercia le Seigneur de ce que, débarrassée des soins de la terre, il ne lui restait plus qu'à s'occuper de son éternité. L'effort extraordinaire qu'elle venait de faire l'avait laissée dans un tel état d'affaiblissement qu'elle ne pouvait plus articuler une parole. L'oppression était devenue extrême, et des

douleurs très aiguës lui déchiraient la poitrine. Pendant les crises les plus terribles et
malgré les spasmes qui en étaient le résultat,
les traits de la Princesse conservaient une
expression d'angélique douceur.

Le danger devenait imminent et elle
sentait la mort approcher ; elle voulait être
armée pour le dernier combat et ne perdre
aucune des grâces que l'Église répand si
abondamment sur ses enfants au moment
où ils vont quitter la terre. Elle témoigna
donc au Père Barbier le désir d'entendre
quelque lecture sur l'Extrême-Onction, afin
de se préparer à la réception de ce sacrement, et elle resta dans un recueillement
profond jusqu'au moment où le ministre de
DIEU le lui administra.

Le soir était venu, et l'heure avancée de
la nuit donnait à cette cérémonie une plus
grande solennité. Les princes et les prin-

cesses étaient réunis autour de leur chère malade et priaient pendant que s'achevaient les préparatifs. Tout près d'elle, au pied du lit, se tenait le comte de Bardi ; à côté de lui, la duchesse de Parme, le duc Robert, le comte de Barri et la reine Marguerite. Tous répondirent aux prières que le prêtre récita, lentement et à haute voix. On voyait qu'ils faisaient de grands efforts pour retenir leurs sanglots, ne voulant point troubler le recueillement et la paix de la mourante, qui paraissait calme et heureuse. Son âme était comme plongée en Dieu et elle semblait assister à l'une de ces fêtes religieuses qu'elle aimait tant.

Lorsque tout fut terminé, le P. Barbier se retira pour aller passer quelques instants à la Résidence. La Princesse, ne le voyant plus, le demanda avec inquiétude ; elle craignait de mourir pendant son absence.

Il revint aussitôt et la trouva fort agitée, en proie à de cruelles souffrances. Sa respiration devenait de plus en plus pénible et son visage portait les signes d'un dénouement prochain. En apercevant le Père, elle retrouva sa douce sérénité. « Oh ! que je souffre ! lui dit-elle.. Je n'aurais pas cru que ce fût si long ; demandez à DIEU de me laisser mourir. »

Le P. Barbier lui rappela que, le lendemain 23 août, l'Église célébrait la fête du Cœur Immaculé de Marie, fête qui devait lui être bien chère, puisqu'elle portait le nom d'Immaculée. Il l'engagea à demander à DIEU la double grâce de pouvoir communier une fois de plus et de mourir en ce beau jour consacré au Cœur Immaculé de Marie. Elle accueillit cette pensée avec bonheur et dit alors à haute voix : « O Marie, je consens encore à souffrir par amour pour vous et

pour la gloire de votre divin Fils. O ma
Mère, vous qui avez permis à votre enfant
de porter le nom d'Immaculée, obtenez-moi
la grâce de recevoir une fois encore le corps
sacré de votre Fils et de mourir le jour de
votre Cœur Immaculé. »

La Très-Sainte Vierge exauça cette double demande.

La prière seule soutenait et consolait la
Princesse au milieu de ses souffrances, qui
devenaient de plus en plus vives ; elle
désirait que l'on priât à haute voix, et, dès
que l'on s'arrêtait, elle suppliait de continuer.
Elle avait toujours eu une grande dévotion
à Notre-Dame de Lourdes, à Notre-Dame
du Sacré-Cœur, à saint Joseph, à saint
Louis de Gonzague. Toutes les images qui
lui rappelaient ses dévotions privilégiées
étaient sur son lit ; lorsqu'elle ne fut plus
capable de les prendre, elle demanda qu'on

les lui présentât fréquemment pour les baiser, et, chaque fois qu'elle les pressait sur ses lèvres, la joie et la plus douce piété se peignaient sur ses traits. Cent fois, d'après son désir, le Père répéta ces invocations : « Notre-Dame de Lourdes, vous que j'ai tant aimée, protégez-moi ; Notre-Dame du Sacré-Cœur, priez pour moi ; saint Joseph, patron de la bonne mort, aidez-moi à bien mourir ; saint Louis de Gonzague, priez pour moi. » Les princes et les princesses les répétaient à haute voix, et la jeune mourante faisait tous ses efforts pour les prononcer distinctement elle - même. On récita ainsi pendant plus de deux heures les litanies du Sacré-Cœur de Jésus, de Notre-Dame de Lourdes, de Notre-Dame du Sacré-Cœur, de saint Joseph, et d'autres prières que la malade demandait pieusement.

Vers minuit, on crut que le dernier moment était venu ; la Princessse s'affaiblissait rapidement. Mgr le duc de Parme pria le Père Barbier d'user des privilèges de la famille royale et de commencer la Messe ; mais il n'y avait ni vin ni hostie pour le Saint Sacrifice. Il fallait donc en toute hâte aller en chercher à la Résidence. Le Père demanda un domestique pour l'accompagner.

« Mon Père, dit le duc, c'est à nous à faire tout en ce moment ; je veux vous accompagner moi-même. »

En revenant à l'autel, le Père Barbier fit observer qu'il n'y avait personne pour servir la Messe, et proposa de retourner pour avertir un Frère coadjuteur.

« Ma mère, répondit le duc, m'a fait servir la Messe tous les jours jusqu'à l'âge de quatorze ans ; je saurai la servir encore. »

Le P. Barbier engagea les princes et les

Notre-Dame de Lourdes.

princesses à faire la Sainte Communion à

cette Messe, qui serait sans doute la dernière
célébrée auprès de la mourante, et tous se
disposèrent immédiatement, en se confes-
sant, à recevoir le Pain des forts.

Marie-Immaculée se sentait de plus en
plus mal, et l'on craignait qu'elle ne vécût
point jusqu'à la fin du Saint Sacrifice. Le
P. Barbier se mit à genoux près de son lit,
récita à haute voix, avec toute la famille,
l'acte de contrition et lui donna l'absolution. Il était presque deux heures du matin
quand la Messe commença. Le duc Robert
la servit. Melle Lasserre se tenait près de la
Princesse pour lui réciter à voix basse les
actes préparatoires à la Sainte Communion,
et tous les membres de la famille s'agenouil-
lèrent au pied de l'autel. Quel douloureux,
mais quel grand spectacle ! cette pieuse
famille s'unissant dans une même prière et
pour un même sacrifice !...

Ce fut pour Marie-Immaculée une indicible joie que de recevoir une fois encore la Sainte Communion, comme elle l'avait tant souhaité et si ardemment désiré ; ce fut aussi pour son cœur une bien douce consolation de voir tous les siens communier à son lit de mort : le prince Henri, le duc et la duchesse de Parme, la reine Marguerite, le comte de Barri, et, disons-le à la louange de cette incomparable maîtresse, toutes ses femmes et tous ses domestiques.

Cette Communion, avec les joies intimes qui l'accompagnaient, parut un moment rendre des forces à la mourante. Son visage semblait transfiguré et les traces profondes de la souffrance, qui quelques heures auparavant s'accusaient sur ses traits, avaient disparu pour faire place à une expression d'allégresse toute céleste.

La sainte Messe terminée, elle acheva son

action de grâces. Puis, élevant la voix, elle
remercia DIEU de toutes les faveurs spirituelles qu'il venait de lui accorder. « Je me sens
mieux, dit-elle. Jamais, depuis le commencement de ma maladie, je n'ai été aussi bien.»

L'abondance de la rosée céleste qui venait de se répandre sur son âme, semblait
rejaillir jusque sur ce corps ruiné par la
souffrance, et, en le rafraîchissant délicieu-
sement, lui rendre des forces qu'il n'avait
plus. Tel un flambeau près de s'éteindre
jette tout à coup une lueur plus vive, une
lumière plus éclatante. Elle voulut profiter
de cette trêve de la souffrance pour faire
aux siens ses derniers adieux. Le prince de
Bardi s'approcha le premier. Quand il
entendit, avec les dernières paroles de la
Princesse, ce mot : « Adieu, Henri ! » le
Prince ne contint plus sa douleur. Il embrassa plusieurs fois Marie-Immaculée,

baisa le crucifix qu'elle tenait entre ses mains, et se retira suffoqué par les sanglots qu'il s'efforçait d'étouffer. Puis la duchesse de Parme demanda à sa sœur bien-aimée d'imprimer un baiser en souvenir sur l'une de ses photographies qu'elle lui présenta ; Marie-Immaculée, rassemblant toutes ses forces, y écrivit quelques paroles affectueuses, et sa main défaillante traça ces lignes : « Vivante ou morte, je serai toujours auprès de toi. Ta sœur Marie-Immaculée. » Melle Lasserre sollicita une faveur du même genre, et sur la photographie qui lui était destinée, la Princesse écrivit : « Au Ciel comme sur la terre, mon cœur sera toujours uni au vôtre. Votre petite Madame. »

Mais, l'esprit de foi dominant chez la jeune Princesse, elle voulut, à ses derniers moments, laisser à tous de sages conseils, suivant les besoins qu'elle leur connaissait et aucun de ceux qui ont eu le bonheur de les recueillir de ses lèvres mourantes ne les oubliera jamais. « A moi, dit Melle Lasserre, elle recommanda d'être moins difficile à contenter, la perfection n'étant pas de ce monde ; de savoir souffrir quelque chose pour l'amour de DIEU, afin de ne pas perdre l'occasion d'acquérir quelques mérites pour l'heure de la mort. Il est vrai, ajouta-t-elle avec son indulgence accoutumée, que ce défaut naît de votre amour de l'ordre ; mais néanmoins, en vue des souffrances de JÉSUS, faites quelque effort pour vous en corriger. » Puis, se tournant vers les princes, vers sa sœur et son beau-frère, elle les exhorta à vivre toujours en bonne harmonie pour l'amour d'elle. Ensuite elle se fit apporter ses pierreries, et mit une bague au doigt de la reine Marguerite en lui disant quelques paroles affectueuses. Pour la duchesse de Parme, sa sœur bien-aimée, elle choisit celle qu'elle avait le plus long-temps portée et à laquelle elle tenait le plus. A sa chère institutrice, elle en donna une en brillants et turquoises. En les offrant, elle demandait humblement pardon à DIEU de la vanité qu'elle avait eue en les portant et du déplaisir qu'elle avait pu causer à sa famille. Elle appela auprès de son lit sa femme de chambre, Marie-Grâce : « Par-donnez-moi, lui dit-elle, les ennuis que je vous ai causés. » Et, ôtant de son doigt une bague, elle la lui donna pour sa sœur Françoise, qui était à Naples.

Après qu'elle eut fait ainsi ses partages pleins d'affection entre les personnes pré-sentes, elle remit à la duchesse de Parme toutes les pierreries et les bijoux qui lui restaient, et la pria d'en disposer selon qu'elle l'avait indiqué dans son testament.

Elle agissait par esprit de détachement, pour imiter le Sauveur qui voulut mourir dépouillé de tout, ses propres vêtements ayant été tirés au sort au pied de la croix. « J'ai tout donné, dit-elle alors ; je n'ai plus à disposer de rien si ce n'est de mon âme, que je remets entre les mains de mon Créateur. »

La duchesse de Parme avait encore une grande faveur à demander à sa sœur bien-aimée. C'était une prière et une bénédiction spéciale pour chacun de ses quatre enfants, qu'elle avait laissés au château de Nartegg en Suisse.

« Oui, lui dit la Princesse, je prierai pour eux au Ciel. »

Puis elle nomma les quatre enfants, et, à chaque nom, elle baisa le crucifix et donna une bénédiction.

Le duc de Parme avait toujours eu pour

Marie-Immaculée le dévouement d'un père ;
aussi, à ce dernier moment, lui montra-t-elle
la plus vive affection.

Lorsque vint le tour du comte de Barri,
il se jeta dans les bras de sa sœur, et,
vaincu par la douleur, il éclata en sanglots.
Presque du même âge, ils avaient grandi
ensemble et s'étaient toujours beaucoup
aimés.

La reine Marguerite avait peu connu
Marie - Immaculée, les circonstances les
ayant tenues éloignées l'une de l'autre ; mais
elle avait bientôt appris à l'aimer. Tout ce
qu'elle venait de voir avait brisé son cœur,
et son émotion était telle qu'elle ne put
prononcer aucune parole en embrassant la
jeune mourante qui lui dit : « Marguerite,
soyez unis, aimez-vous entre vous en souvenir de moi. »

Elle insistait sur cette recommandation

d'union, imitant Notre-Seigneur qui, avant de quitter ses disciples, leur disait : « Aimez-vous les uns les autres comme je vous ai aimés. »

Dans ses adieux si touchants, Marie-Immaculée n'oubliait aucun des siens.

« Le Roi vient-il ? » demanda-t-elle.

A la réponse qui lui fut faite, elle comprit qu'il n'arriverait pas à temps ; elle baissa les yeux, se recueillit un instant et fit son sacrifice.

Quand elle eut fait ses adieux à sa famille, elle voulut voir une dernière fois les personnes attachées à son service ; toutes vinrent l'une après l'autre baiser la main de leur pieuse maîtresse et recevoir sa bénédiction ; elles sentaient qu'elles perdaient tout en perdant la Princesse, qui leur avait toujours montré un si bienveillant intérêt, et elles laissèrent éclater la plus vive douleur.

Pendant ces scènes déchirantes Marie-Immaculée n'avait pas versé une seule larme, aucun trouble n'avait paru sur sa figure, elle était calme et sereine. Ses regards se tournaient souvent vers le prince Henri, qui, à genoux à côté de son lit, ne pouvait retenir ses larmes. Ah ! il comprenait quel était le trésor de grâce et de vertu qui allait lui échapper....

Lorsque Marie-Immaculée eut accompli ces derniers et pénibles devoirs, elle demanda à rester seule avec le ministre du Seigneur, et ce qui se passa pendant cette heure suprême est resté un secret entre lui et l'âme de la jeune Princesse. Elle se sentait pressée de partir pour le Ciel malgré les liens si forts qui la retenaient à la terre. Son cœur soupirait après cette patrie céleste qui, seule, peut satisfaire nos désirs. Elle laissait échapper au milieu de soupirs entrecoupés les invocations les plus ardentes, et à mesure que sa ferveur augmentait, à mesure aussi ses souffrances devenaient plus intenses.

L'oppression était extrême, et le Père Barbier se disposait à recommander à DIEU l'âme de la pieuse Princesse par les dernières prières de l'Église. Elle avait conservé toute sa connaissance, et, voulant sans doute réserver pour le moment de l'agonie ce puissant secours : « Non, dit-elle, il n'est pas encore temps, » et elle continua à prier par d'affectueux colloques avec DIEU et avec ses saints privilégiés.

Tout à coup, sentant qu'elle allait entrer dans la dernière lutte, elle chercha des yeux le Père Barbier, qui s'était éloigné, et, ne l'apercevant pas, elle l'envoya chercher en toute hâte.

Le comte de Bardi le lui ramena et il

revint auprès de son lit. On commença aussitôt les prières des agonisants ; les princes et les princesses suivaient pieusement dans leur livre de prières, et prononçaient lentement chacune des paroles, afin que la mourante pût tout suivre et tout comprendre.

On n'entendait plus sa voix ; mais, au mouvement de ses lèvres, on voyait qu'elle s'y unissait. Son regard, encore distinct, se reposait sur les divers objets de piété qui l'entouraient ; elle pressait sur sa poitrine le crucifix qu'elle avait reçu du Souverain-Pontife. De temps en temps on le lui faisait baiser. Ses lèvres tremblaient alors d'émotion et se collaient avec effusion sur les cinq Plaies du Sauveur.

Marie-Immaculée avait toujours eu une grande confiance dans l'usage de l'eau bénite. Elle aimait qu'avec elle on traçât

souvent le signe de la croix sur son front.
Quand on tardait trop à répéter cet acte
de piété, elle montrait de la main ou du
regard le bénitier. Alors la duchesse de
Parme ou le comte de Bardi se levait, allait
prendre de l'eau bénite, en jetait quelques
gouttes sur le lit et traçait le signe de la
croix sur le front de la mourante.

L'un des traits les plus caractéristiques
de Marie-Immaculée fut, nous l'avons vu,
son admirable modestie ; dans ce dernier
moment, elle donna une nouvelle preuve de
cette réserve qui est la gardienne de l'angélique pureté. La sueur de la mort roulait
abondamment sur son front et sur son cou,
et, parmi cette famille désolée, c'était à qui
remplirait le pieux office de l'étancher.
« Non, dit-elle, ne me touchez pas, je le ferai
bien moi-même ; » et cette réserve, elle voulut
qu'elle s'étendît jusque sur ses restes mortels.

Nous savons comment, dès ses premières années, Marie-Immaculée s'était attachée au Saint-Siège et à la personne auguste du Souverain-Pontife, et nous avons vu que, pendant son séjour à Rome, elle s'empressait de se trouver aux lieux où devait passer notre bien-aimé Pontife Pie IX, afin de recevoir sa précieuse bénédiction. Sa Sainteté, en apprenant la maladie de la comtesse de Bardi, la lui avait envoyée aussitôt par le télégraphe, et elle l'avait reçue avec une grande reconnaissance. Voulant donner à la pieuse mourante une nouvelle consolation, Son Altesse Royale le duc de Parme demanda une bénédiction *in extremis*, car la Princesse désirait vivement recevoir encore cette dernière faveur de la part du Père commun des fidèles. Pendant que tous priaient pour son heureux passage du temps à l'éternité, on apporta au comte de Bardi une dépêche dont la vue parut la ranimer un instant ; elle suivit du regard la feuille qu'on se passait de main en main ; mais lorsqu'elle vit qu'on ne la lui communiquait pas, elle baissa les yeux sur son crucifix et continua de prier. Ce n'était pas une réponse du Saint-Père, mais un télégramme de Mgr le comte de Chambord, qui, apprenant l'état désespéré de la Princesse, répondait : « Nous sommes brisés de douleur et nous prions. »

Avant de prendre son vol vers les régions célestes, Marie-Immaculée voulut encore remplir un double devoir sur la terre : l'un, de reconnaissance envers celle qui avait été son institutrice, qui restait son amie et qu'elle avait désiré voir à ses côtés jusqu'à la mort ; l'autre, d'affection envers celui que Dieu avait associé à sa vie pour quelques mois seulement. Réunissant toutes ses for-

Pie IX.

ces : « Ma Madone, dit-elle, pour Made-
moiselle. » C'était une petite statue de
Notre-Dame du Sacré-Cœur qu'elle avait
apportée de Rome, qui fut toujours la compagne de ses voyages, de son exil, et devant
laquelle elle avait beaucoup prié. Comme
c'était la chose la plus chère qu'elle eût, elle
voulut la laisser à sa plus chère amie ; puis,
se tournant vers le comte de Bardi, ses
lèvres mourantes s'ouvrirent pour prononcer
son nom : « Henri ! » dit-elle ; la force lui
manqua pour rien ajouter ; mais que de choses dans cette seule parole ! Son regard allait
du Prince à la statue de la Sainte Vierge et
semblait dire : « Je te laisse entre les mains
de notre Mère du Ciel. »

Le dernier moment approchait ; les yeux
de la Princesse se voilaient, sa respiration
devenait de plus en plus pénible ; mais son
visage avait une expression céleste ; elle

tenait dans sa main droite son chapelet et son crucifix ; dans la gauche, les images du Sacré-Cœur, de saint Joseph et de saint Louis de Gonzague. Elle était prête pour le départ et l'on sentait qu'elle attendait l'appel suprême. Le Père Barbier, à genoux près de son lit, récita lentement à haute voix l'acte de contrition, et donna une nouvelle absolution à la malade, qui remuait encore les lèvres et suivait les prières avec effort ; elle avait toute sa connaissance. Une dernière fois elle tourna son regard vers la statue de la Sainte Vierge, puis elle ne distingua plus rien ; mais lorsqu'on lui faisait baiser ses chères images, son scapulaire ou son crucifix, on voyait comme un frémissement sur ses lèvres, qu'elle n'avait plus la force de mouvoir. Le Père Barbier répéta doucement jusqu'à la fin à l'oreille de la mourante les invocations qu'elle aimait tant à réciter elle-même : « Jésus, Marie, Joseph, je vous donne mon cœur, mon esprit et ma vie ; Jésus, Marie, Joseph, assistez-moi dans ma dernière agonie ; Jésus, Marie, Joseph, faites que je meure en votre sainte compagnie ! Cœur Sacré de Jésus, ayez pitié de moi ; Cœur Immaculé de Marie, priez pour moi ; saint Louis de Gonzague, priez pour moi. » Le Père Barbier venait de répéter une dernière fois ces paroles: « Jésus, Marie, Joseph, je vous donne mon cœur, mon esprit et ma vie, » Marie-Immaculée inclina la tête, poussa un léger soupir et expira. On était au 23 août 1884, jour consacré au Saint Cœur de Marie. La comtesse de Bardi avait été exaucée dans sa double demande, elle avait pu recevoir une dernière fois la Sainte Communion, et elle quittait la terre le jour de l'une des fêtes de notre Mère du Ciel. Elle n'avait pas encore vingt ans accomplis.

La famille royale, qui pleurait et priait autour de la couche funèbre, ne s'était pas aperçue du passage de la terre à la vie éternelle de cette âme bien-aimée. Le Père Barbier se tourna alors vers le comte de Bardi à genoux près de lui : « Monseigneur, lui dit-il, tout est fini. »

Le Prince se leva et, conduit par la duchesse de Parme, ferma les yeux de la Princesse, posa ses lèvres sur son front et baisa le crucifix. Les princes et les princesses vinrent tous embrasser la défunte ; puis il y eut un moment de silence pendant lequel on n'entendit plus que les sanglots de cette royale famille si cruellement éprouvée, mais si résignée dans ses grandes douleurs.

Après quelques instants, le Père se leva et récita les prières de l'Église : *Subvenite, sancti Dei, occurrite, angeli Dei, suscipientes animam ejus.* Saints de DIEU, venez au-devant d'elle ; accourez, anges de DIEU, et recevez son âme.

On déposa le corps de la défunte sur un lit de parade. Son visage n'était plus contracté par les douleurs de l'agonie et l'on aurait dit, qu'après de longues souffrances, elle reposait d'un doux sommeil. Ses traits prirent un air calme et souriant. On voulut que tout autour d'elle rappelât la pureté de son âme. On la revêtit d'une robe blanche et on couvrit son lit de fleurs. Sur sa tête, on posa une couronne de roses blanches comme au jour de sa Première Communion. Sa vue détachait l'âme de la terre et l'élevait vers le Ciel. Un autel fut érigé auprès de son lit mortuaire et plusieurs Messes y furent célébrées.

Les princes et les princesses ne pouvaient s'arracher d'auprès du corps de Marie-Im-

maculée, ils croyaient la posséder encore :
sa vue les consolait et les fortifiait. Ils étaient
là priant et pleurant, lorsqu'on annonça
l'arrivée de Son Altesse Royale le comte
de Caserte. Le prince avait espéré arriver à
temps pour faire ses derniers adieux à sa
sœur ; il était trop tard de quelques heures.
Il entra dans la chambre mortuaire, se mit à
genoux, pria longtemps et, avant de se reti-
rer, embrassa la défunte.

La dépouille mortelle resta exposée le
dimanche et toute la journée du lundi. Bientôt le peuple, qui avait entendu parler des
vertus et de la sainte mort de la Princesse,
demanda à venir prier auprès de son corps.
La foule fut grande, et on voyait que tous
se retiraient pleins de sympathie pour la
royale famille et disposés à être meilleurs.
Des ouvriers, qui étaient entrés d'abord par
simple curiosité, finissaient par se mettre à

genoux et priaient avec respect, et l'on disait : « Quelle douce figure de vierge ! On voit bien que c'était une sainte. » On fit toucher à son corps un grand nombre de chapelets et d'autres objets pieux que l'on conserve encore comme de précieuses reliques.

Le lundi dans la soirée, le comte de Bardi dit au Père : « Soyez avec moi ce soir quand on déposera la Princesse dans le cercueil. Ce sera à dix heures. Oh ! quel moment pour moi ! J'ai besoin de prier avec vous. »

Marie-Immaculée, par un sentiment que lui inspirait la pureté de son cœur, avait demandé qu'on n'embaumât pas son corps, et le duc de Parme, qui voulut exécuter toutes ses volontés, fit tout comme elle l'avait désiré. Il avait ordonné de préparer un triple cercueil : le premier était garni de satin blanc ; le second, en plomb ; le troisième, recouvert en velours rouge, portant la couronne et le nom de la Princesse.

A dix heures du soir, le Père Barbier se rendit auprès du comte de Bardi, qu'il trouva priant dans la chambre mortuaire. Les princes et les princesses étaient tous là. Ils récitèrent ensemble diverses prières jusque vers onze heures. Alors, on se résigna à descendre le corps de la Princesse du lit de parade et à le déposer dans le cercueil.

Marie - Immaculée avait recommandé qu'après sa mort aucune main étrangère ne la touchât ; on se conforma à sa volonté. Le duc de Parme, la duchesse, le comte de Bardi, le comte de Caserte, le comte de Barri et sa chère Melle Lasserre prirent eux-mêmes le corps de la défunte dans leurs bras et le placèrent dans le cercueil. Tous se mirent alors à genoux ; puis les princes et les princesses vinrent chacun à leur tour baiser unè dernière fois le front de la défunte.

Il fallut enfin laisser fermer le cercueil. Il
était minuit passé.

Le lendemain 25 août eurent lieu les funérailles. La cérémonie se fit dans la chapelle des Pères de la Compagnie de Jésus,
rue Montpensier. La famille royale n'avait
fait aucune invitation, et cependant l'église
était pleine et des gens de toute condition
s'y rencontraient : magistrats, bourgeois,
ouvriers étaient venus rendre les derniers
devoirs à une jeune Princesse de si haute
vertu. Et ce n'était pas une vaine curiosité
qui les attirait, car ses funérailles furent
célébrées sans aucune pompe et avec une
grande simplicité ; mais Marie-Immaculée
s'était concilié l'estime de tous, et l'on avait
déjà pour sa mémoire une grande vénération.

Le deuil était conduit par Son Altesse

Royale le comte de Bardi, resté veuf à vingt-deux ans ; par Son Altesse Royale le comte de Caserte et le comte de Barri; par le duc et la duchesse de Parme, et enfin par la duchesse de Madrid, tout enveloppée à l'espagnole d'un long voile noir.

Le cercueil royal fut porté à bras par les serviteurs de la chère défunte. Les rues qu'il fallait traverser étaient remplies de monde et de pauvres qui redisaient les louanges et surtout la modestie et la charité de leur bienfaitrice. La chapelle se trouva trop étroite pour la foule qui s'y pressait.

Mgr l'évêque de Bayonne voulut présider lui-même la funèbre cérémonie et donner l'absoute. Quand l'office des morts fut terminé, les princes et les princesses montèrent dans la chapelle supérieure, y entendirent une seconde Messe, puis déposèrent eux-mêmes religieusement un grand voile de crêpe noir sur le cercueil recouvert de velours cramoisi.

La Princesse avait exprimé elle-même le désir de reposer dans l'église des Jésuites à Pau, et dans la chapelle de l'Immaculée-Conception, car elle savait que les prières pour le repos de son âme y seraient plus abondantes que partout ailleurs.

Le pèlerinage de la pieuse Princesse Marie-Immaculée de Bourbon était terminé ici-bas. Elle avait passé sur cette triste terre en faisant le bien ; elle avait semé dans les larmes ; maintenant, nous en avons la ferme espérance, elle recueille dans la joie les fruits de ses vertus. Mais si elle a disparu d'entre nous, sa mission n'est point terminée. Il nous semble, au contraire, qu'elle commence.

Les ossements des saints prêchent, dit

l'Écriture, car leurs exemples ont une grande éloquence.

Puissent les jeunes filles de notre époque comprendre que la seule vraie grandeur et la noblesse véritable sont celles que donne à l'âme la pratique des vertus !

La duchesse de Parme envoya à toute la famille royale un souvenir de sa sœur bien-aimée, et fit frapper une médaille sur laquelle étaient gravées, d'un côté l'image de la jeune Princesse agenouillée dans la chapelle de Lourdes aux pieds de la Sainte Vierge, de l'autre côté des paroles qui rappellent la pureté et les admirables vertus pratiquées par Marie-Immaculée pendant sa trop courte vie.

Posuit Immaculatam viam meam.

Ps. 33.

Pieux souvenir de Son Altesse Royale Marie-Immaculée-Louise de Bourbon, comtesse de Bardi, née le

21 janvier 1855, au château royal de Caserte, morte à Pau, le 23 août 1874.

Dès mon enfance, j'ai recherché la science dans la prière ! Avec cette aide, j'ai toujours possédé mon cœur, J'ai eu peu de fatigues et je me suis acquis un immense repos.   Eccle. LI, 18-35.

Vous serez consolés au Ciel. Vous me reverrez et votre cœur débordera de joie.   Isaïe, ch. 13-14.

Le Seigneur m'a montré à tous pour votre salut.

Gen. XLV-5.

Je désire mourir. Mon cœur y est préparé.

(Ses dernières paroles)

Elle est morte le jour du Cœur Immaculé de Marie, comme elle l'avait demandé à Dieu.

CHAPITRE DIXIÈME.

Précieuses révélations.

L'Humilité de la princesse Marie-Immaculée de Bourbon avait couvert d'un voile la plupart de ses bonnes œuvres, et, même lorsqu'elle secourait par des dons exceptionnels une grande infortune, elle voulait garder l'anonyme, ainsi que nous l'avons vu au moment de l'inondation du Tibre.

Mais à sa mort, bien des actes, tenus secrets jusque-là, furent tout à coup révélés et provoquèrent une admiration unanime. Il s'éleva alors comme un cantique de louanges à la gloire de celle qui avait fui tout éloge. Son testament, dont nous avons déjà parlé, ne fut que l'épanouissement de sa charité. Après s'être acquittée de ce qu'elle devait à sa famille, elle donna tout ce qu'elle possédait, et la pensée de ce complet dépouillement des choses de la terre avait été pour son âme généreuse une véritable joie. On peut dire que les richesses qu'elle avait héritées du roi Ferdinand et de la reine Marie-Thérèse ne furent que transmises par elle aux pauvres et à l'Église.

Elle avait suivi en cela les exemples de

son auguste mère. Lorsque la reine Marie-Thérèse était à Naples, dans tout l'éclat de la grandeur, les pauvres venaient à elle en foule. « Le grand escalier de son palais était le rendez-vous des malheureux, dit son historien ; ils apportaient des suppliques et emportaient des aumônes. Plusieurs fois par semaine, à jour fixe, ils venaient plus nombreux encore. La cour d'honneur en était remplie et tous recevaient d'abondants secours. »

Après la mort de Marie-Immaculée, on trouva dans ses papiers les listes des familles qu'elle secourait à Naples, à Rome ou à Pau, partout où elle passait. Un seul de ses carnets contient les noms de plus de cent familles qui avaient part à ses bienfaits. Il est vraiment merveilleux de voir comment une jeune fille, vivant presque dans la retraite, étendait si loin son action bienfaisante ; et ce n'était pas un secours isolé qu'elle accordait aux malheureux qui faisaient appel à sa charité, elle les adoptait, elle les suivait pendant de longues années, et il en est qu'elle nomma dans son testament, ne voulant pas que sa mort les plongeât dans la misère. Citons un fait entre beaucoup d'autres :

Une pauvre veuve, native de Rome, qui s'appelait Véronique , éprouvée de mille manières, malade, chargée d'une nombreuse famille et sans aucune ressource , s'était adressée à la princesse Marie-Immaculée dans les premiers jours de 1861 et avait toujours trouvé en elle un cœur de mère. Lorsque Véronique apprit la mort de sa bienfaitrice, elle fut désespérée. Qu'allait-elle devenir ? Mais voici que, quelques jours plus tard, il se présente chez elle un prêtre porteur d'une somme de mille francs que la

Princesse lui avait laissée. L'émotion de la pauvre femme fut extrême. « Depuis que j'ai connu la Princesse, dit-elle, elle n'a jamais cessé de me faire du bien. Ces vêtements me viennent d'elle, cette armoire, tout ce mobilier m'a été donné par elle, et maintenant qu'elle n'est plus, elle pourvoit, par cette grande aumône, aux besoins présents qui sont nombreux et à l'avenir de ma petite famille. »

Mais les pauvres qui avaient eu toutes les préférences de Marie-Immaculée étaient les malades dans les hôpitaux. Elle aurait voulu aller les soigner elle-même, et souvent elle exprimait le regret de ne pouvoir le faire ; elle s'informait des maux dont ils souffraient, de leurs besoins, et notait tous ces renseignements dans ses carnets. Ne pouvant aller vers eux, elle leur envoyait des secours de toute nature. Ses serviteurs ont raconté que, sur les ordres de la Princesse, ils portaient bien souvent aux Filles de la Charité, pour leurs malades, les plus beaux fruits qui lui avaient été servis, des confitures et d'autres douceurs dont elle était heureuse de se priver pour ses chers pauvres.

On lui avait envoyé un jour une petite caisse de fruits rares, elle n'y goûta pas et prit un plaisir extrême à faire les parts de ses malades.

Pleine de compassion pour eux, elle ne se contentait pas de leur donner des secours matériels, elle comprenait si bien leurs besoins qu'elle y joignait souvent des livres pieux et intéressants dans lesquels ils trouvaient quelque consolation, quelque distraction aux longues heures de souffrance de la journée.

En un mot, elle avait l'intelligence des pauvres, elle les aimait comme ses frères,

Marie-Immaculée. 7

comme les membres souffrants du CHRIST, et ne reculait devant aucun obstacle pour leur venir en aide.

Nous avons vu comment, lorsqu'elle était encore enfant et que sa bourse avait été vidée par ses aumônes, elle recourait à sa mère pour soulager une infortune pressante. Plus tard, bien qu'ayant des ressources considérables, elle donnait avec une telle abondance qu'elle se trouvait encore parfois dans l'impossibilité de satisfaire son cœur si compatissant. Ayant appris qu'une pauvre femme, dont le mari était aveugle, se trouvait dans un grand embarras, parce qu'elle n'avait pas de quoi payer le loyer de sa maison, la Princesse, tout attristée de ne pouvoir la secourir, se fit alors quêteuse, et sa sœur Marie-Pia fut heureuse de lui donner la somme nécessaire pour payer le loyer de sa pauvre protégée.

D'autres fois, elle se plaisait à rassembler tous les vêtements hors de service qu'elle pouvait trouver, soit dans ses propres armoires, soit dans celles des princes, ses frères, et avec quel bonheur elle en revêtait les pauvres de JÉSUS-CHRIST !

Il ne se passait pas de jour, dit l'une de ses dames d'honneur, où elle n'accomplît quelque œuvre de charité. Son cœur était si généreux que *donner* était sa plus douce joie.

Celle qui portait, comme sa Mère du Ciel, le beau nom d'Immaculée, avait prié, peu de temps avant sa mort, avec une ferveur extraordinaire dans la grotte de Lourdes. Elle revit en quelque sorte aujourd'hui dans ces lieux bénis. Un orphelinat fondé par Mgr de Tarbes avec le legs que lui avait fait la pieuse Princesse, porte son nom (1).

---

1. Cet orphelinat est dirigé par les Sœurs de Nevers et est situé en face de la grotte de Lourdes.

La première pierre de cet édifice a été posée
par Marie, princesse de Parme, nièce de
Marie-Immaculée (1).

Dès ses plus jeunes années, Marie-Immaculée se plaisait à orner les autels ; elle
aimait la maison de DIEU, et ce pieux sentiment se manifestait jusque dans les plus
petites circonstances. Si on lui apportait un
bouquet, une corbeille de fleurs, elle les
faisait aussitôt déposer à l'autel de la Sainte
Vierge ou de saint Louis de Gonzague, ou
de quelque autre de ses célestes patrons.
Nous l'avons vue broder elle-même les ornements qui devaient servir au culte sacré, et
c'était pour elle une douce pensée de savoir
que les lampes qu'elle avait offertes à diver-

1. La jeune Princesse avait alors trois ans.

ses églises brûlaient devant le Saint-Sacre-
ment.

A son retour d'Égypte, causant un jour
avec sa sœur et Melle Lasserre, elle exprima
en termes émus toute la peine qu'elle avait
ressentie en voyant la pauvreté et le dé-
labrement des églises qu'elle y avait visi-
tées.

« Que n'est-il en mon pouvoir, disait-elle,
de les rendre moins indignes de l'Hôte divin
du Tabernacle ! »

Pendant les derniers jours de sa maladie,
cette pensée de la pauvreté des églises lui
revenait souvent à l'esprit, et dans son testament elle fit de riches offrandes à ses sanctuaires préférés.

Après l'exécution de ses legs, quatre-
vingt-quinze mille francs restaient encore
disponibles, et, ainsi qu'il a été dit, ils furent
remis, suivant les intentions de la pieuse

Princesse, entre les mains de Melle de Castelbajac, qui offrit gracieusement la moitié de cette somme à la duchesse de Parme pour les œuvres auxquelles elle s'intéressait.

La duchesse, interprétant les désirs de sa sœur bien-aimée, pensa aussitôt au dénûment des églises des États pontificaux, de celles de Naples et d'Égypte, et elle confia l'emploi de cette somme, destinée aux églises pauvres, à la présidente de l'œuvre des Tabernacles de Rome, Mme Caroline de Courtalloy, qui accomplit sa mission avec une délicatesse extrême.

Elle fit confectionner des ornements, des linges d'autel, nappes, voiles ; acheta des vases sacrés, et tout ce qui devait servir au culte divin. Avant de distribuer ces divers objets, elle les réunit et en fit à Rome une exposition publique. Ils étaient si nombreux que trois salles suffirent à peine pour les contenir. Tout fut arrangé avec un goût parfait. Les ornements et les voiles brodés les vases sacrés aux formes gracieuses, les fleurs aux douces couleurs, donnaient à cette exposition un charme tout particulier.

Mme de Courtalloy ne se contenta point d'indiquer l'origine de ces dons, elle voulut rendre pour ainsi dire présent le souvenir de Marie-Immaculée. Dans la salle du milieu, sur un socle de velours cramoisi, elle fit placer le portrait de la pieuse donatrice. Un peintre de talent, Silverio Capparoni, s'inspirant des vertus de l'auguste jeune fille, s'était étudié à faire revivre dans ses traits la grande beauté de son âme. Sur sa tête était posé un léger diadème byzantin d'où tombait, rattaché sur les épaules, un voile transparent.

L'expression de ce pastel était si natu-

relle qu'il semblait vraiment que la Princesse fût là, présidant elle-même l'exposition, et se trouvant heureuse dans la contemplation de tous ces objets destinés au
culte du Seigneur.

Le portrait était entouré d'un cadre
sculpté aux armes des Bourbons, et de gracieux emblèmes rappelaient la piété de
l'angélique jeune fille pendant sa vie, sa
générosité à l'heure de la mort, et enfin l'accomplissement de ses dernières volontés par
les soins de Son Altesse Royale la princesse
Marie-Pia, duchesse de Parme.

La duchesse de Parme, venue à Rome
pour rendre ses devoirs au Saint-Père, inau-
gura par sa présence les salles de l'exposition. Elle s'arrêta profondément émue devant
le portrait de sa sœur si regrettée, dont la
charité se manifestait avec tant d'éclat. Elle
voulut que la première et la plus riche of-

frande fût pour Sa Sainteté Pie IX sous la forme d'un magnifique ornement d'autel.

Une partie de ces dons fut distribuée aux églises pauvres des États pontificaux, une autre fut envoyée à Son Éminence l'archevêque de Naples. Les églises d'Égypte ne furent pas oubliées.

La noblesse et le peuple romain, qui avaient déjà admiré les vertus de la Princesse pendant les années d'exil qu'elle avait passées à Rome, vinrent en foule visiter cette exposition, et ces quelques jours furent des jours de triomphe pour sa mémoire, car tous parlaient d'elle avec enthousiasme. Les uns se rappelaient l'avoir vue faire gracieusement l'aumône dès son enfance; les autres se souvenaient de l'accueil qui lui avait été fait à Rome et du nom de Colombe qui lui avait été donné; tous louaient sa piété, son recueillement, sa dévotion pendant les offices.

C'est ainsi que Dieu permit que la voix
du peuple laissât arriver jusqu'à nous un
rayon de cette gloire dont il l'a si largement enrichie au Ciel.

Table des Matières.

www.ingramcontent.com/pod-product-compliance
Lightning Source LLC
Chambersburg PA
CBHW051824020726
47502CB00005B/1622